KB045041

나는
읽고
쓰고
버린다

나는 읽고 쓰고 버린다

손웅정의 말

차례

훔쳐 보기

넓게 보기

높이 보기

나의 버림이 나의 벼림으로 이해받을 수 있다면

안녕하십니까? 손웅정입니다.

이 한 줄을 써놓고 몇 날 며칠을 허송으로 보냈습니다. 제가 가장 싫어하는 게 다른 사람에게 폐를 끼치는 일인데 제 일에 관계된 얼마나 많은 분들의 시간이 얽혀 있을까, 그 생각을 하니까 정신이 번쩍 들었습니다. 책상 앞에 간신히 붙들리고도 쉽사리 글을 이어나갈 수 없었습니다. 볼펜을 쥔 손이 하는 일도 없이 진땀만 냈습니다. 손을 몇 번 씻고 왔습니다. 아무래도 말을 너무 많이 한 것이 아니었나, 이유는 글이 아니라 말에 있다 싶으니 다시금 처음으로 거슬러올라가보게 되었습니다. 이렇게 저라는 사람이 작고 모자랍니다. 핑계를 찾느라 제자리 걷기에 여념이 없었음을 이렇게 고하고나 있으니 말입니다.

2023년 3월 영국에서 제 독서 노트 여섯 권을 챙겨 한국으로 돌아왔습니다. 홍민이를 포함해 가족들 가운데 그 누구에게도 이 노트를 보인 적은 단 한 번도 없었습니다. 지난 십오 년 동안 책을 읽고 독서 노트를 쓰는 일이 제 일상화된 루틴이었기에, 호들갑스럽게 유난을 떨며 얼굴을 보일 일은 정말이지 아니라는 생각이었습니다. 어쩌면 가족들도 그런 제 성격을 알아 구경이나 한 번 해보자는 말조차 꺼내지 않았는지도 모르겠습니다. 물론 본다고 한들 얼마 못 가 덮어버리지 않았을까 싶은 것이 천하에 둘도 없는 악필이 저인 까닭이었습니다. 글씨는 괴발개발이지, 저나 알아먹을 법한 암호 같은 메모가 수두룩하지, 이 노트가 이토록 자유롭게 여러 권으로 기록될 수 있던 건 단 한 번도 책으로의 귀환을 꿈꿔본 적이 없었기 때문입니다.

"이 보잘것없는 독서 노트의 목적이라 하면 그저 나 하나 좋자고 시작한 아주 사소한 일이지요." 우연한 자리에서 뵙게 된 김민정 시인님께 스치듯 말씀드렸던 기억이 납니다. 그런데 얼마 안 가 이 말에 그만 제가 붙들리고 말았습니다. '나 하나 좋자고 시작한 아주 사소한 일'이 어떻게 '모두를 위한 아주 커다란 일'이 될 수 있는지, 저는 지금도 시인님의 그 말을 온전히 이해할 수는 없습니다. 다만 제 독서 노트를 필두로 (어떻게 제 글씨를 읽어내셨는지 여전히 의문입니다만!) "책을 사랑하는 마음으로 인생을 이야기할 때 나눌 수 있는 모든 것"이라 하시는 데는 코가 꿰어 도망갈 그 어떤 명분도 서지가 않았습니다. 그리고 지금껏 붙들려 있는 참입니다.

김민정 시인님과 출판사 난다의 유성원 차장님과 드문드문 만나 나눈 방담을 이 한 권에 담아내기까지 제가 가장 많이 뱉은 말이 무엇일까 하니 그건 '버리다'였습니다. 그 순간 제 머릿속을 타격감 있게 치고 간 단어가 왜 '벼리다'였는지 모르긴 몰라도 그 궤를 같이했구나 싶은 안도에 국어사전을 펼치는 여유도 부려볼 수 있었습니다. "마음이나 의지를 가다듬고 단련하여 강하게 하다." 나의 버림이 나의 벼림으로 이해받을 수 있다면 장황하게 늘어놓은 제 말을 이제라도 거두고자 하는 후회로부터 조금은 가벼워질 수도 있을 것 같습니다. 부디 너그러이 들어주십사 바라는 마음뿐입니다.

2024년 4월
머리 숙여
손웅정

일러두기

- 이 책은 2010년부터 손웅정이 작성해온 독서 노트 가운데 여섯 권을 기저로 2023년 3월부터 2024년 3월까지 근 일 년 동안 난다 편집부와 진행한 수차례의 인터뷰를 바탕으로 했다. 현장 진행은 유성원 편집자, 대화 녹취 및 원고 정리는 김민정 시인이 각각 맡았다.
- 본문에 인용된 모든 텍스트는 손웅정의 독서 노트에서 가져온 것이다.

내가 나에게 하는 말*

* 마르쿠스 아우렐리우스 황제가 전쟁터에서 썼다는 『명상록』. 이 제목은 후대 사람들이 붙인 것이다. 필사본에 남아 있는 그리스어 제목은 'ta eis heauton'('자기 자신에게')이다.

미리보기

기본

"눈은
나부터 쓰는 거예요."

"탁월함은
습관에서 나온다고 했다."

—**아리스토텔레스**

김민정(이하 이름 생략) | 제가 운이 좋아 감독님의 독서 노트를 가장 먼저 볼 수 있는 호사를 누렸네요. 집에 불이라도 나서 이 노트가 재가 되면 어쩌나 읽는 내내 전전긍긍이었어요.

손웅정(이하 손) | 무슨 그런 걱정을 다 하셨어요. 이깟 노트가 뭐라고요. 워낙에 글씨가 개판이라 알아보기 힘드셨을 텐데 호기심 갖고 민망할 정도로 과대평가를 해주신 덕에 최소한 쓸데없는 짓은 안 했구나, 덕 봤어요.

독서 노트는 감독님의 첫 책에 잠시 언급이 되기도 했는데요.

손 | 저에게 책은 절대적인 거지요. 근 삼십 년 들입다 읽어대다가 흥민이 함부르크 갈 무렵부터니까 음, 한 십오 년을 써온 셈이네요. 한국에서 나갈 때마다 책을 한 번에 한 이삼십 권 챙겼던 것 같아요. 모자라면 인편 통해서 받기도 하고. 아 책 많이 가져간다고요? 저야 매일 읽으니까요. (웃음) 일단 가져간 책은 찬찬히

정리부터 해요. 그리고 선별하면서 읽을 순서를 정하지요. 좋은 책은 보통 세 번 이상 읽어요. 처음 읽을 때는 검정 볼펜, 두번째 읽을 때는 파랑 볼펜, 세번째 읽을 때는 빨강 볼펜을 쓰는데요. 아뇨, 저 삼색이 볼펜은 안 써요. 독서를 할 때나 노트를 쓸 때나 뭔가 타격감이 다르더라고요.(웃음) 외워야겠다 싶은 문장에는 줄 박박 치고, 사자성어나 새길 단어에는 별 표시도 하고, 나중에 더 공부를 해야겠다 싶은 나름의 생각거리들은 메모를 해두죠.

책 리뷰뿐 아니라 역사 공부, 인물 탐구, 온갖 상식, 숨은 이야기, 영어에 한문에, 근육 관련 용어에 심지어 여행 정보까지 촘촘했다가 듬성듬성했다가 좀처럼 잡히지 않는 글의 꼬리가 결국 감독님의 '공부'구나 알겠더라고요. 와중에 요렇게 〈산업혁명〉으로 시작하는 노트는 손흥민 선수 토트넘 갔을 때부터의 기록이겠구나 짐작이 되던걸요.

손 | 네, 맞아요. 영국에서 일단은 살아야 하잖아요. 산다는 건 생활이고 문화니까 언어보다도 그들의 역사를 먼저 이해하는 게 빠른 적응의 방법이겠다 싶었어요. 그들의 과거를 알아야 오늘을 알고 또 미래를 예측이라도 해볼 거 아녜요. '소금 전쟁'이라거나 '다뉴브강'이라거나 '잘츠부르크'라든가 '제2차세계대전'이라든가 이 사람 이거 뭐에 쓰려고 이렇게 적어놨나 독일에서 쓴 노트 보

면 더 두서가 없을 텐데요, 영국 와서부터는 독서 노트 쓰기에도 체계가 좀 잡혔다 싶어요.

아니 그걸 다 기억하세요? 근데 요런 메모들은 보다 좀 웃었어요. "샤덴프로이데Schaden+freude는 독일어로 남의 불행에서 느끼는 기분 좋음이란 뜻. 우리말로 잘코사니. 사전 찾아보니 고소하게 여겨지는 일. 주로 미운 사람이 불행을 당한 경우에 하는 말. 줄여서는 쌤통." "'겸손'은 독일어로 '데무트die Demut'다. '힘'이란 의미도 있다." "애플사의 단순함. 이전 세대 독일에서 만개했던 문화 운동인 '바우하우스'에서 큰 영향 받았음. 인문학 공부의 중요성 깨달음." 감독님 공부 완전 귀엽게 하시는 거 아네요? (웃음)

손 | 머리가 좋은 분들이야 읽은 것을 척척 기억하실 테지만 저는 머리가 나쁘잖아요. 나빠도 아주 나쁘잖아요. 그러니까 쓰지 않으면 머릿속에 책이 한 권도 남지를 않아요. 독서 노트 다 쓴 다음 한 달이고 두 달이고 지나고 나서 또 한 번씩 읽어봐요. 그사이 읽은 다른 책들 내용 중에 추가로 업그레이드 시킬 부분이 있으면 또 메모를 해두고요. 시인님 혹시 적자생존이라고 들어는 보셨나, 적자생존?

적자생존이요?

손 | 동물에게는 이 야생의 세계에 적응해야 살아남는다는 그런 얘기겠지만요, 사람으로는 전 이거라고 봐요. 적자! 생존! 최소한 적는 사람은 산다, 살 것이다! 기억에 의존하지 말고 기록으로 남겨야 해요. 사실 이거 어려운 일 아니잖아요. 읽고 쓴다? 얼마나 단순해. 책 읽는 거 복잡하다? 복잡한 것을 단순하게 만드는 게 창조잖아요. 뭐든 복잡하고 어려운 일을 단순화해서 정리하면 마무리가 쉽잖아요. 일이 쉬워지면 일의 주도권은 누가 쥔다? 내가 쥔다! 시인님 보여드린 독서 노트가 여섯 권인데 앞에 나왔던 내용이 뒤에도 나오고 다른 노트에도 또 나오고 그러다보니 막 네 번 다섯 번 반복된 부분들도 있을 거예요. 어쩔 수가 없어요. 머리 나쁜 놈에게는 반복 또 반복, 반복만이 답이니까요.

그렇게 매일 읽고 쓰시니 집에 책이 엄청 많겠어요.

손 | 아뇨. 전혀요. 저는 읽고 쓰고 난 다음에 책은 바로 다 버려요. 사실 버리는 데도 용기가 필요하잖아요. 단호한 결단에서 비롯하는 거니까요. 근데 그건 결국 내 책임이거든요. 책은 버리지만 난 이미 책에서 취할 핵심은 다 가진 뒤니까 망설임도 없고 여한도 없는 거죠. 책을 산 건 난데 어느 순간 책이 나를 소유하고 있더라고요. 내 소중한 공간을 다 차지하고 주인 행세를 하고 있더라고요. 사람마다 생각이 다 다를 수 있겠지만 저는요, 책꽂이

에 책을 쭉 꽂아놓은 모양새가 나 책 읽었네 하고 티 내고 자랑하는 것 같아서 영 싫더라고요. 또 그 책 먼지 그거, 다 내 청소 일밖에 더 돼요? 그리고 솔직히 우리 그거 나중에 다시 꺼내 보겠어요, 안 보겠어요. (웃음) 편집이란 결국 선택과 포기의 문제가 아니겠어요?

무엇보다 '기본'이라는 단어가 빈번하게 등장하더라고요. 첫 책의 근간이 되었던 단어이기도 하고요.

손 | 다른 건 볼 것도 없어요. 우리의 생활을 한번 들여다보자고요. 화장실 변기는 어떻게 쓰나. 침대 이부자리는 어떻게 쓰나. 식탁 유리는 어떻게 쓰나. 책상 서랍은 어떻게 쓰나. 자동차 트렁크는 어떻게 쓰나. 그렇다면 사무실 자리는 또 어떻게 쓰나. 매일같이 쓰는 생활공간일 텐데 저마다 그 자리의 상태는 지금 어떠한가. 항상 청결할까요. 우리가 깨끗한 것은 그렇게 좋아하면서도 스스로 그렇게 만드는 건 또 아주 귀찮아한단 말이죠. 게을러서, 나태해서. 스티브 잡스가 한 말 중에 "Stay Hungry, Stay Foolish!"가 있지요. 항상 배고픔을 유지하고, 항상 어리석음을 유지하라는 거, 그건 항상 초심을 기억하라는 얘기잖아요. 결국 나의 모든 부분을 탁월하게 만들어주는 거, 그건 큰 의미에서의 불편함이죠.

기본은 불편한 것이다?

손 | 그렇죠. 결국 불편함은 노력이에요. 내가 몸을 움직이지 않으면 아무런 일도 일어나지 않잖아요. 그런데 이 불편함이 지속된다는 건 한편으로는 내 몸에 좋은 습관이 만들어지고 있다는 얘기잖아요. 처음에 그 노력은 한 사람의 습관을 만들지만, 그다음부터는 그 한 사람을 만들지요. 습관이라는 건 처음에는 얄팍한 거미줄 같아도 시간이 지나면 강철 같은 쇠줄이 되지요. 제가 강연중에 가끔 이런 얘기를 해요. 게으른 자는 하지 않은 일로 평가받고, 부지런한 자는 한 일로 평가받는다고요. 부지런한 사람은 눈을 치워 길을 내며 가는데, 게으른 사람은 그저 눈이 녹기만을 기다리고 앉았다고요. 시인님 바로 아시네요. 눈 오면 저 바로 쓸러 나가죠. 내가 쓸지 그럼 누가 쓸겠어요. 눈은 나부터 쓰는 거예요. (웃음) 말이 끊어졌는데 게으른 사람은요, 떡시루를 옆에 놓고도 굶어 죽어요. 게으른 사람들이 자주 쓰는 말이 뭐냐면 나중에, 혹은 다음에. 부지런한 사람들은 그런 말 할 시간도 없다니까요. 바로 지금, 여기 당장. 우리가 삶의 기본을 소홀히 여기고 대충 얼버무리고 산다 했을 때, 실을 바늘귀에 안 넣고 바늘 허리춤에 감은들 그게 바느질이 되겠냐고요.

기본을 알고 기본기의 중요성도 느끼는데 시계를 자꾸 보게 되는 것도 사실이에요. 바쁘니까요. 핑계겠지만요.

손 | 대나무를 비유로 제가 여러 번 말씀드렸던 것도 같은데요, 대나무가 제대로 뿌리내리려면 한 오 년 걸린다고 하죠. 그렇게 묵묵히 뿌리에만 집중하다가 순이 올라오기 시작하면 하루 이십오 센티미터까지도 매일같이 쑥쑥 큰대요. 어떤 건 삼십 미터까지도 자란다잖아요. 기본에 충실하고 이론을 다지면 나만의 경쟁력은 절로 커지는 건데 그걸 안 한다고요? 도둑놈 심보지. 그거야말로 욕심이지. 적게 얻으려면 적게 희생해도 돼요. 근데 내가 많은 것을 얻고자 하면 어때야 한다? 많이 희생해야 한다!

감독님의 탁월한 비유 뒤에는 독서의 힘이 분명 작용한다 싶거든요.

손 | 그런지 아닌지 잘 모르겠지만 저 같은 무식한 놈이 시인님 앞에서 말대꾸도 좀 하는 걸 보면 아주 아니라고는 말 못 하겠네요. (웃음) 사실 제가 배움도 모자라고, 무식은 넘치고, 세상은 어렵고 해서, 근 삼십 년 전부터 작심하고 책을 보기 시작했는데요, 『명심보감』 입교 편에도 나오지만 저 역시 독서가 집을 일으키는 근본이라는 말에 너무나 동의하거든요. 그럼요, 공부의 기본이라 하면 일단은 독서지요.

특히 우리 아이들에게 이 기본을 일깨워주기란 실은 보통 어려운 일이 아니다 싶어요.

손 | 이런 질문을 받으면 저는 먼저 되묻고 싶어져요. 지금 댁의 아이가 진정으로 원하는 꿈이 무언지 정말로 아시냐고요. 아이가 이거 정말 하고 싶다 그러면요, 부모는 어떠한 어려움이 있어도 들어줘야 해요. 아이는요, 진짜 좋아서 하는 일을 하면요, 아무리 지쳐도 힘들다 소리 안 해요. 부모의 역할은요, 아이가 스스로 꿈을 찾도록 돕고, 그다음에는 아이를 지지하고, 후원하고, 격려하고, 더더욱 몰두할 수 있도록 뒤에서 미는 사람이어야 해요. 아이에게 꿈은 어제 말하고 오늘 잊어버리는 게 아니에요. 우리들에게도 꿈은 진심으로 하고 싶은 그 무엇이잖아요. 전 우리 애들한테 어릴 적부터 가정이야말로 최초의 학교고, 또 최고의 학교란 걸 계속 말해줬어요. 강요 아니고 강조요. 그리고 끊임없이 물었죠. 축구를 하겠다는 거예요. 마지막으로 딱 세 번 묻겠다 했어요. 축구 힘들다, 엄청 힘들다, 세상에 힘 안 드는 일이 어디 있겠냐만 그중에서도 이거 진짜 힘들다. 자식 둘이 다 축구라는 거예요. 둘 다 그 책임을 지겠다는 거예요. 자식은 내 소유물이 아니잖아요. 또다른 인격체가 맞잖아요. 부모가 삼각형을 기대해요. 그런데 자식은 동그라미가 될래 그런단 말이죠. 그러면 부모는요, 삼각형을 강요하지 말고, 세상에서 가장 아름답고 멋있는 동

그라미가 될 수 있게 뒤에서 굴려주기만 하면 된다고요.

저는 또 이 대목에서 살짝 고민도 하네요. 무시할 수 없는 게 또한 돈이니까요.

손 | 행복하면요, 십만 원의 절반인 오만 원을 벌어도 아이는 제 인생의 주인으로 살 수 있어요. 큰 부모는 작게 될 자식도 크게 키우고, 작은 부모는 크게 될 자식도 작게 키운다 제가 늘 그러거든요. 예를 들어서 작은 부모는요, 자식이 "아버지 나 저거 사줘" 할 때 "그거 돈 없어 못 사" 해버리고 만다고요. 그러면 애 생각은 거기에서 끝이 나죠. 사고가 거기에서 딱 멈춰버리는 거죠. 근데 큰 부모는요, "지금 돈이 없어서 살 수가 없는데 어떡하지. 너하고 나하고 머리 한번 맞대고 함께 고민해볼까?" 그렇게 생각하게 하고, 상상하게 하고, 성찰하게 하고, 결국에는 사색하게 만든다고요.

큰 부모는 마침표를 찍어주는 게 아니라 물음표 던지는 사람이란 거네요.

손 | 그렇죠. 자식에게 물음표를 주는 사람이 진짜 부모 아닌가, 저는 그렇게 생각해요. 흔히들 자식에게 친구 같은 부모가 되어줘야 한다고들 하는데 저는요, 그거 직무유기라고 봐요. 어떻게

친구 같은 부모가 존재할 수가 있어요? 보세요. 애하고 나하고 친구야. 근데 애가 습관적으로 뭘 좀 잘못해서 고쳐야 할 부분이 있어. 근데 친구끼리 그게 돼요? 아니, 못 고쳐. 친구가 지적은 할 수 있어도 안 되는 건 안 된다고 끝끝내 말해줄 수 있는 건 부모뿐이라고요. 애들한테 휴대폰이 문제라면서, 그거 하나도 타협하지 못하면서, 부모들부터가 죄다 거기 빠져 정신없으면서, 대체 뭘 어떻게 고친다는 거예요. 안 주면 찡찡거리니까 또 줘. 여기서부터 벌써 부모는 진 거예요.

왼쪽이 정답이다, 하고 우르르 몰려가는 부모들 사이에 내 답은 오른쪽일 거야, 하고 묵묵히 혼자 갈 때의 두려움은 혹 없으셨는지요. 저라면 겁도 났을 것 같거든요.

손 | 왜요? 참, 시인님. 애초에 알아두면 좋으실 것이 제가 왜, 라고 질문하기를 좀 좋아해요. 불쑥불쑥 왜, 왜, 튀어나갈 수도 있으니 감안해서 들어주세요. 제가 또 인상이 더럽기도 해서 저 사람 뭐 기분 나빠 그런가, 혹시 오해라도 하실까봐서요.(웃음) 일단 저는 그 비교 자체가 왜 필요한지 잘 모르겠어요. 애 스스로 원하고 또 행복하겠다 싶은 삶을 자발적으로 선택한 건데 왜 내 새끼 인생을 남과 비교부터 하냐고요. 제가 서울에서 먹고사느라 성인들 가르치고 하다보니까 큰놈은 저한테 축구 배울 시기를

좀 놓쳤어요. 그런데 막상 해보니까 재능도 약간은 모자라는 것 같더라고요. 아시잖아요, 제 솔직함.(웃음) 그래서 제가 큰놈에게 뭐라 그랬냐면 "너 중학교 고등학교 다 수업 조금만 하고 일찍 하교해도 되는 그런 데를 가. 공부에 관심이 안 가면 공부도 하지 말고, 학교 갔다 일찍 와서 너 하고 싶은 걸 해. 네가 공을 차고 싶으면 풋살장에 가서 애들이랑 풋살을 해. 그다음에 군대 갔다 와서 직장을 잡을 적에는 연봉을 최고로 적게 주는 데를 찾아."

연봉을 가장 적게 주는 데로요? 일부러요?

손 | 그래야 일찍 퇴근할 수 있잖아요. 오후 두시쯤 퇴근할 수 있는 데를 찾으라 했어요. 그리고 하루의 남은 시간 다 너 하고 싶은 거 하면서 살라고 했어요. 자식 연봉 높다 쳐요. 그게 자식 돈이지 부모 돈은 아니잖아요. 인생 짧아요. 근데 평생 죽어라 일만 하고 돈만 벌다 죽을 거냐고요. 큰놈은 지금 손축구아카데미에서 코치를 하고 있는데요, 잘은 몰라도 불행해 보이지는 않아요. 진짜로 자식 문제에 있어서 돈은요, 수단이지 목적이 되어서는 안 되는 거예요. 사는 내내 자식이 행복하다 느낀다면 부모가 할일은 거기까지가 다가 아니겠어요? 우리 애요? 모르긴 몰라도 행복할 거예요.

둘째 손흥민 선수의 얘기도 묻지 않을 수가 없네요.

손 | 주위에서 그런 질문 많이 해요. 흥민이가 이렇게 크게 성장할 줄 알았냐고. 이건 제가 처음 말씀드리는 건데요, 그래서 조심스럽긴 한데, 저는 계산한 건 있었어요. 가르치면서 어느 정도까지는 가겠다, 대충 짐작은 했었어요. 한 삼 년 가르치고 나니까 감이 오더라고요. 전 지금도 본인한테 이렇게 말해요. "네가 처음 축구를 한다고 했을 때도 난 너하고 축구만 봤어. 달라진 거 하나도 없어. 나는 오늘도 너하고 축구만 봐." 주변에 대고도 말해요. "자식 성공은 자식 거고, 배우자 성공은 배우자 거지, 거기에다 제 숟가락들 얹을 생각하지 마." 자식이 이름나고 그랬다고 애비가 어깨 힘주고 다니면서 꼴값 떨면 그거 여태 내가 거짓말해 왔다는 얘기밖에 더 돼요? 애도 나도 변함이 없어요. 애는 애고, 나는 나고, 애가 지금까지 해온 건 다 애 것이고, 내가 앞으로 할 것은 다 내 것이고. 일관성이 있어야 해요. 이걸 부모들이 놓치면 안 되는 거예요.

이쯤이면 부자 사이에 그 어떤 갈등도 있을 수가 없겠어요. 대화의 통로가 이렇게 하나라면요.

손 | 그럼요. 있을 수가 없죠. 그러니까 기본기만 칠 년 걸린 거예요. 짜증요? 흥민이가요? 아니 자기 꿈이 여기 있는데 무슨 짜증

을 왜 내겠어요. 그리고 우리 둘 다 돈을 목적으로 축구를 했다면 그 시간을 과연 묵묵히 견뎌냈을까요. "나는 축구하는 게 가장 행복해" 애는 그런 마음이고, "나는 너를 행복한 축구 선수로 만들 수 있어서 행복해" 저는 그런 마음이고, 우리 둘 다 그 마음이 맞아떨어졌는데 어디서 어떻게 무슨 갈등이 생길 수 있겠냐고요. 또 모르죠. 제가 무서워서 순순 따랐는지도요. (웃음) 집중력이 떨어지거나 하면요, 저 아주 매섭게 혼냈거든요. 흥민이 장점이요? 음, 매사에 비교적 인정을 잘한다? 네 인정은 좀 잘해요.

인정을 잘한다는 건 순리를 따를 줄 안다는 건데 그건 정말 사람으로 최고의 장점 아닐까요? 잘은 모르지만 정말 많은 사람들이 바라보고 있으니까 선수도 고민이 많을 것 같아요. 자리가 그렇잖아요.

손 | 고민이야 글쎄요, 애도 저도 축구는 곧 행복이라는 단순하고 담박하고 단단한 꿈 하나로 산에 올라가고 있는 건데, 뭐 오르다 말고 세상으로 흘러들어서는 안 되겠죠. 세상으로 흘러든다는 건 말하자면 온갖 유혹 같은 거겠죠.

결국 기본이란 단순함으로 귀결이 되네요.

손 | 끝이고 끝장이죠.

그러나저러나 아들에게 했듯 한 사람 한 사람 감독님만의 가르침이 이뤄진다면, 그렇게 열한 명이 한 팀으로 뛰는 걸 볼 수 있다면, 정말이지 환상적이겠어요.

손 | 일단 저는 저처럼 못 배워봤잖아요. 그래서 우리 코치 선생님들에게도 늘 이렇게 말씀드려요. 좋은 지도자는 아이들한테 많은 경험과 좋은 기회를 제공할 줄 알아야 한다고요. 아이들에게 얼마나 희생했는가 그 노력이 아이들의 실력에서 고스란히 드러난다고요. 그래서 가장 훌륭한 코치는 가장 뛰어난 리더십을 타고난 사람이어야 해요. 내 방석을 내놓을 줄 아는 사람, 다른 사람이 그 방석을 가져갈 수 있게 맘껏 판을 깔아주고 결국에는 그 자리까지 내놓을 줄 아는 사람. 저는 우리 코치 선생님들에게 늘 얘기해요. "잘된 거는 당신들 거야. 그리고 당신들 뒤에는 항상 내가 있어. 나머지 그 어떤 것도 걱정하지 마."

"걱정하지 마"라니요. 저도 춘천에 데려가주시면 안 될까요? (웃음) 잘은 모르겠지만 수행자의 태도랄까요, 감독님의 마음가짐이 느껴지기도 하네요.

손 | 아이고 그게 무슨 말씀이세요. 전 수행하시는 분들 발끝도 따라가지 못하지만요, 엄청 매력 있는 삶이겠구나, 책을 보며 그런 생각을 한 적은 있어요. 근데 그 매가 도깨비 매魅잖아요. 실례

가 아닐지 모르겠지만 이끌린다는 건 자연스러운 거니까요. 근데 이런 얘기 시인님 말고도 해주시는 분들 더러 계세요. 저더러 수도승 같은 삶 좀 살지 말라고. 근데 이렇게 말고는 도리가 없어요. 실제로 제가 그런 삶이니까요. 식욕은 뭐 생존이니까 제쳐두더라도요, 전 정말 물욕이 없어요.

진짜요? 사람이 어떻게 그럴 수가 있죠? (웃음)

손 | 저는 그렇던데요. 그러려면 일단 빚이 없어야 해요. 잠언 22장 7절에 이런 구절도 나오잖아요. "빌린 자는 빌려준 자의 종이 되고, 없는 자는 있는 자가 주관한다." 자본주의 사회에서 단돈 십 원이라도 빚을 지게 되면 일단은 자유롭지 못하잖아요. 그다음에 나란 존재 자체가 주변에 폐가 되잖아요. 그렇다면 그 선을 최소화해두는 수밖에요. 그러려면 돈으로부터 의연하고 유연한 태도를 나 스스로 만들어놓을 수밖에는 없어요.

태도라고 하시니까요, 가장 중요한 덕목으로 인성을 많이 말씀하셨단 말이에요.

손 | 겸손은 실력에서 나오고, 교만은 무지에서 나온다 하잖아요. 일에 있어 실력으로 진 사람에게는 언제고 기회가 주어지지만, 인성으로 패배한 사람에게는 절대로 패자부활전이 주어지지 않

잖아요. 중국 속담에 "사람은 이름나는 것을 두려워하고, 돼지는 살찌는 것을 두려워해야 한다"라는 말이 있어요. 빗대서 제가 홍민이에게도 늘 얘기해요. "너는 유명해질 필요도 없고, 또 네가 유명해지고 싶다고 해서 유명해질 수도 없는 노릇이겠지만, 은퇴하면 너는 사람들 기억 속에서 잊힐 거야. 다 지워질 거야. 그거 중요한 거 아니야. 이것만 기억해. 영원한 건 없어. 무조건 겸손해야 해."

세상에나! 그건 또 너무 오버시다 감독님. 때론 인정할 건 인정하는 것이 미덕이라고요!

손 | 그러니 감사하라고, 무조건 친절하게 응대하라고, 이 얘기는 아무리 말해도 넘치지를 않죠.

몸 관리를 워낙에 잘하고 계시지만 어쨌든 나이는 들어가는 것이니까요, 노후 대비가 또 중요한 시대이긴 하잖아요.

손 | 전 건강한 몸과 긍정적인 사고를 유지하며 오래 살고 싶어요. 고려장 얘기 보세요. 산에 자기 버리러 업고 가는 아들 뒤로 나뭇가지 꺾어 제 자식 갈 길, 살길 만드는 게 어머니고 부모인 거예요. 평생 안 늙을 것 같지요? 나이 오십 넘어야 부모가 보인다고, 그땐 이미 늦는 거요. 아 시인님, 까딱 오십이시구나. (웃음)

효도하려고 하면 이미 부모는 없고 마는 거예요. 저는 팔불출이 아니거든요. 홍민이가 효자다 아니다를 떠나서 걔는 내 아들로 책임을 다하고, 저는 걔 아버지로 최선을 다하고, 둘 사이에 지킬 선, 딱 그거 잘 유지하니까 서로 잘 지내는 걸 텐데요, 한번은 이런 얘기를 하더라고요. "난 아빠 술 마시고 흔들거리는 모습을 한 번은 보고 싶어." 다른 무엇보다 자기 관리 못하는 사람은 시간 관리, 돈 관리, 다 못 한다고 생각하거든요. 제가 원하는 삶이 있잖아요. 그런데 시간은 한계가 있잖아요. 돈은 빌려 쓰기라도 하지, 시간은 빌리기는커녕 저축할 수도 없는 거잖아요.

저는 지각 대장이라 입이 있어도 뻥긋할 수가 없네요.

손 | 저는요, 시간 안 지키는 사람과 절대 상대 안 해요. 당신이 뭔데 내 시간을 도둑질해? 예를 들어 두시에 만나기로 했는데 두시 오분, 두시 십분에 왔다 쳐요. 그럼 아까운 내 시간 오 분, 십 분을 도둑질당한 거잖아요. 부자들은 돈을 위해서 일 안 해요. 돈으로 시간을 사지. '인생여백구과극人生如白駒過隙', 장자의 말이 그래서 진리인 거예요. "인생이란 문틈으로 흰 망아지 한 마리가 달려가는 것과 같다"고 했잖아요. 백발이 성성해서야 인생이 짧다는 걸 알면 그거 너무 슬프지 않겠어요? 아침에 회사에 지각한 거, 그거 정류장까지 뛰지 않아서? 천만에요, 버스를 놓쳐서가 아니라 애

초에 집에서 늦게 나와 출발 자체가 늦었던 거예요. 필리핀 속담에 "하려고 하면 방법이 보이고, 하지 않으려면 변명이 보인다"고 했어요. 실패한 사람일수록 변명에 집착해요. 게으른 사람은 변명을 무기로 안다고요.

특히 또 어려운 게 자신과 자만을 구분하는 일 같거든요.

손 | 노력이죠. 『이솝우화』 속 토끼와 거북이 아시잖아요. 둘이 경쟁하잖아요. 그런데 누가 이겨? 거북이가 이기죠. 왜? 거북이는 앞만 보고 정상을 향해 가는데, 토끼는 앞도 안 보고 정상은 더 안 보고 거북이만 봤단 말이죠. 내가 열정을 가지고, 곁눈질도 안 하고, 충실히 노력하는데, 어디로 어떻게 자만이 들어올 틈이 있겠어요. 못 들어와. 어떻게 들어와. 전요, 우리 아카데미 사람들 쥐어짜지 않아요. 닦달하지도 않아요. 판이 마음에 안 들면 내가 새 판을 짜면 되잖아요. 진짜 자신감 있는 리더는 묵묵히 자기 길을 가지, 남 안 봐요. 왜 봐. 리더는 자기 계획 속에 진짜 마음에 드는 기획안이 나올 수 있게 조직원을 유도하기만 하면 되는데요. 조직원이 완성할 도화지에 슬그머니 밑그림을 그려주는 사람, 그리고 그런 사람을 조직 내 최전방에 두는 사람, 그런 사람이 진짜 리더예요.

욕심과 욕망을 구분하는 일도 그만큼 중요한 과제 같고요.

손 | 그럼요. 아무리 나 좋은 일이 들어왔다고 해서 능력도 없는 내가 그거 턱 맡아서 했다가 여러 사람 피 보면 그게 얼마나 큰 악행이야. 그래서 너 자신을 알라, 그게 최고로 큰 메시지라는 거예요. 내가 감당할 수 없는 거, 그걸 욕심 부려 할 건 아니잖아요. 저는 다른 욕심은 없는데 운동 욕심은 좀 있어요. 욕심보다 욕망이라고 표현하는 게 더 정확하겠네요. 내가 운동에 욕망을 품는다? 그건 나를 더욱더 단련시킨다는 의미가 되니까. 근데 이거 생각해보니까 되게 중요하네요. 내가 내 자리를 아느냐 모르느냐…… 이거 어디 멀리 볼 것도 없네. 와, 축구만 봐도 딱 답 나오네, 이거.

『이솝우화』 생각해보니 되게 오랜만이네요. 진짜로 감독님, 책에서 여러 힘을 얻으시는구나.

손 | 독서죠. 어리석은 자는 책으로 현명해지고, 현명한 자는 책으로 이로워진다고 했어요. 책에는 옥 같은 배우자가 많아요. 배우지, 배우자, 어 이거 시인님 말마따나 한끗 차이네요. (웃음) 디테일이라는 게 요런 데서 반짝거리죠. 그러고 또 우리말이라는 게 이렇게나 미묘하다니까요. 맞아요, 배우자 결정이 일생일대에서 가장 어려운 일이긴 하죠. (웃음) 아무튼 그 개념으로 대입을

시켰을 때 비행기에게 가장 중요한 것 중 하나가 뭐죠? 관제탑이 잖아요. 배는 항구, 자동차는 내비게이션, 그런 의미로 사람에게는 책 아니겠어요? 우리 중 누구도 인생의 안내서, 제품으로 치면 사용설명서 받고 태어나는 사람 아무도 없잖아요. 책이 지식과 지혜로 포장된 아우토반이라 할 적에, 그걸 아는데도 이 길을 안 달린단 말이죠?

책이 없다고 당장에 사람이 죽는 건 아니니까요.

손 | 사람이 나이 먹는다고 절로 고상해질 수 없어요. 배움이라는 마찰 없이는 품격도 만들어질 수 없어요. 독서의 정의가 뭐예요. 새로운 사실을 알거나 지식 흡수를 위한 행위란 말이에요. 흡수라니까요. 배출이 아니라니까요. 흔히 독서를 콩나물 기르는 것에 비유하고는 하죠. 콩나물에 물 줘봐서 아시겠지만 콩나물에 물 주면 아래로 다 흘러내리잖아요. 그걸 알면서도 콩나물아 잘 자라라 계속 물을 주잖아요. 그런데 부지불식간에 보면 콩나물 키가 길쭉길쭉 자라 있거든요.

진짜 콩나물 보면 물을 어떻게 먹는지 궁금하긴 해요.

손 | 보통 세상을 여행하듯 살라고 하잖아요. 안 가보면 절대 알 수가 없다고들 하잖아요. 책이라고 다를까요. 안 읽고 어떻게 알

겠어요. 내가 살면서도 내가 사는 데를 모른다? 이건 그냥 생존 문제인 거예요.

적자! 생존!에 이어 책을 또 생존의 문제라 하시니, 저 역시 각성이 또 새롭게 되네요.

손 | 제가 주기적으로 서점엘 가거든요. 어떤 책이 새로 나왔는지, 지금 베스트셀러는 뭔지, 제 눈으로 직접 살펴보거든요. 트렌드가 거기 있잖아요. 미국의 자동차 왕 헨리 포드가 돈의 안락함에 안주하고, 또 고객의 요구에만 집중했다면 자동차회사 포드는 만들어지지 않았을 거예요. 대신 속도가 무지하게 빠른 마차는 만들어졌을지 모르죠. 꿰뚫어봐야 해요. 통찰은 급변하는 미래를 예측하게 해주는 나만의 힘이지 않겠어요? 그거 다른 누구도 못 도와요. 오로지 책만이 해요.

멀리 보기

가정

노후

품격

가정

"약속이 무너지면
가정이 무너져요."

"집안에 노인이 안 계시면
빌려서라도 모셔와야 한다."

—그리스 속담

요즘 강연 활동으로 많이 바쁘시죠? 강연장에 가서 뵈면 온 에너지를 여기 다 쏟고 가겠다, 하는 열정으로 뜨겁게 달리시더라고요. 강연 주제에 따라 차이는 좀 있겠지만, 아무래도 자녀 교육에 관한 질문이 많겠구나 싶었어요.

손 | 쩔쩔매시더라고요, 자녀들한테. 사랑은 일시적인 질병이라고, 젊은 남녀가 눈 땡 맞아가지고는 눈먼 채로, 또 눈먼 줄도 모르고서 하는 게 결혼이잖아요. 저도 물론 그랬지만, 부부 역할도 부모 역할도 배우지 못한 채로 우리가 결혼을 하고, 애를 낳고, 그런 상태에서 또 아이를 키우게 된단 말이죠. 그 무지가 얼마나 무시무시한 거냐면요, 어떻게 해야 할지를 모르니까 부모가 제 틀에 제 자식을 딱 끼워 맞춰버리는 거예요. 좀 비약해서 말하자면 그건 부모가 자식을 안 보고 자기를 본다는 거거든요. 그러니 부모가 자식이 무엇을 좋아하고, 또 어떤 꿈을 꾸고 있는지, 어떻게 잘 알 수가 있겠어요. 다만 저의 경우 좀 달랐던 것이 애나 저나

꿈이 축구였잖아요. 여전히 현재진행형이잖아요. 좋은 시범은 백 번의 설명보다 낫다고 제가 할 수 있는 건 아이보다 먼저 운동장에 나와 더 많이 뛰는 일이었어요.

비단 자녀 교육에 국한한 질문은 아닐 것이, 아이를 앞세웠지만 사실 부모 가운데 평생 그 꿈을 못 찾아 답을 듣고 싶은 분들도 분명 계셨을 거란 말이에요.

손 | "해보기는 해보셨어요? 시도는 해보신 거예요?" 제가 이 반문을 정말 자주 드리거든요. 그럼 바로 네, 하시는 분들 거의 없어요. 제가 어딜 가나 듣는 얘기가 손흥민 선수의 재능을 어떻게 그렇게 알아볼 수 있었냐는 건데요, 저는요, 해봤다니까요. 시도를 해봤다니까요.(웃음) 애들이 축구를 한다고 했을 때 이걸로 성공을 하겠지, 명예가 생기겠지, 돈을 벌어오겠지, 이런 생각조차 저는 일절 없었어요. 그래서 지금도 누가 물어보면 아주 떳떳하게 나는 성공한 놈이야, 자신 있게 말할 수 있는 거예요. 전 돈도 없고, 명예도 없고, 권력도 없지만, 꿈을 이뤘잖아요. 저는 그 좋아하는 축구를 지금까지도 하고 있잖아요.

아이들에게 네가 이루고픈 꿈이 뭔지 한번 생각해봐, 기회를 준 것 자체가 가정이 아주 자유로운 환경이었음을 짐작하게 하는데요.

손 | 애들 어렸을 때는 제가 돈이 없었으니까 비용을 최소화할 수 있는 범위 안에서 자주 아이들을 데리고 여행을 다녔어요. 무엇보다 세상 곳곳을 많이 보여주고 싶었어요. 경험치가 많으면 선택지도 당연히 늘어날 거 아녜요. 그때는 지금처럼 방과후 체험학습이다 뭐다 없던 시절이었으니까, 학년이 바뀔 때마다 학교에 가서 말씀을 드려야 했거든요. 우리 애는 공부할 애 아니니까 4교시 마치고 보내주셔라. 선생님이요? 당연히 난감해서 어찌할 바를 모르셨죠.(웃음)

담임 선생님 입장에서는 이 학부형 대체 뭐지 싶으셨을 거예요. 부모가 직접 찾아와 애를 땡땡이 시키겠다고 한 거잖아요. 왠지 감독님 선생님들 사이에서 유명했을 것 같은 느낌이……

손 | 단호했죠. 내가 애 부모로, 내가 애 책임지겠다는 자세는 분명히 보여야 하는 것도 맞잖아요. 생각해보세요. 대한민국에서 공부라 하면 대학 가려고 스펙 쌓고, 취직하려고 스펙 쌓고, 결혼하려고 스펙 쌓고. 그런데 그 스펙 그게 다 뭐라고요. "놀아. 실컷 놀아. 놀고 싶은 대로 놀아." 우리 아이들은 불안해하지 않았어요. 하루하루 엄청 자유롭게 놀았어요. 자유는 창조의 연료라니까요. 애들이 초등학교 4학년이 되기 전에 재능과 꿈을 찾으면 그건 베스트고요, 늦어도 6학년이 되기 전까지 찾을 수만 있어도

그건 차선의 성공이다, 전 그렇게 맘을 먹고 애들 지켜보고 있었어요.

그럼 여행은 보통 어디를 어떻게 다니신 거예요?

손 | 책을 이렇게 펴놓고 계속 그 페이지만 보고 있다고 쳐요. 되게 편협하고 답답한 느낌 들지 않으세요? 전 여행을 안 하면 그렇게 살게 될까 마음이 급했던 것도 사실이에요. 그렇잖아요. 눈을 떠도 눈을 감아도 풍경이 똑같고, 냄새가 똑같고, 사람이 똑같으면 그거 페이지가 멈춰 있는 책 같을 거 아녜요. 전 애들이 가자는 대로 에버랜드도 가고, 63빌딩 수족관도 가고, 그냥 떴다 내리는 정도의 거리라지만 일찌감치 비행기도 태워보고. 하여간에 없는 계획 속에 여기저기 신나게 놀러다니긴 했어요.

당연하다면 뭣하겠지만 혼내신 경험도 물론 있으실 테고요.

손 | 제가 왜 의붓아버지 소리를 들었겠어요. 저는 애들한테 정말 혹독했어요. (웃음) 그렇지만 운동 끝나고 나오면 흥민이는 꼭 제 무릎에서 놀았어요. 진짜라니까요. 아니 시인님 왜 그걸 안 믿으실까. 뒤끝 있을 게 뭐 있어요. 그럴 만했으니까 그런 걸 걔들도 알고 저도 아는데. 만약 제가 이유 없이 애들 억울하게 혼쭐을 낸 거면 걔들이 지금 저를 보겠어요? 안 보죠. 근데 아버지가 솔선수

범을 했잖아요. 자기네들이 인정할 수밖에 없게 최선을 다해 살았잖아요. 맞아요, 게임. 그게 정말 문제라고들 하시더라고요. 우리 애들도 아주 어릴 때는 뭐 거기 쓸 돈도 없고 하니 안 사줬지만요, 다 커서는 하긴 했었죠. 그런데 맥시멈 얼마, 몇 시 몇 분까지 딱, 시간을 약속하고 허락해줬죠. 당연히 지키죠. 안 그랬다가는 게임기 다 날아가는데? (웃음) 약속을 했잖아요. 그럼 지켜야지 그걸 안 지킨다는 게 말이 돼요? 반드시 가족 간에도 룰이 있어야 해요. 어떠한 경우에도 이 룰은 조정이 되거나 타협이 되어서는 안 돼요. 약속이 무너지면 가정이 무너져요. 약속을 못 지킬 것 같으면 애초에 약속을 하지 말든가요. 나폴레옹은 그게 최선의 약속이라고도 말했잖아요.

지금도 무서웠던 기억은 다 날 텐데…… 저는 왜 이런 뒤끝에만 매달리나 몰라요.

손 | 기억이 나겠죠. 근데 중요한 건 그게 아니잖아요. 달라지잖아요. 아, 이건 아니구나. 지나고 보면 그래, 우리 아버지 말이 맞았구나, 인정이 되는 거잖아요. 근데 애들 중학교 가고서부터는 살살 저도 봤어요. 어릴 때는 부모와 같이 보내는 시간이 정말 중요한 것 같아요. 여태 만나도 놀러 다닌 얘기만 한다니까요. 좋았으니까 그 얘기를 계속 하는 거 아니겠어요. 이제 저는 며느리도

있고 손주도 있지만 일절 잔소리도 없고 간섭도 안 해요. 큰애 결혼시켰지만 나 걔들 어디 사는 줄도 모르고, 지금까지 걔들 집에 가본 적도 없어요. 아니 제가 거길 왜 가요. 걔들 공간에 왜 제가 부모라는 이름으로 침범을 하냐고요. 자식은 내 곁에 머물다 떠나갈 귀한 손님이다, 그랬어요. 손님과 생선은 사흘만 지나도 악취가 난다잖아요. 서로 손님이다, 서로 생선이다, 내 공간은 소중해, 그만큼 자식 공간도 소중해. 전 가족뿐 아니라 사람들도 그걸 축으로 몇 안 되지만 관계를 유지해왔던 것 같아요.

시간이 그만큼 흘렀다는 얘기일 텐데요, 아카데미 아이들 보시면 그때 생각도 많이 나고 그러시겠어요.

손 | "이 안에 들어오면 죽기는 없어. 살기만 있어. 세상은 약자의 소리에 그 누구도 귀를 기울여주지 않아. 인생은 고난이라 그랬어. 지금 피 터지게 해야 이십대에 빛날 수 있고, 이십대에 더 피가 터져야 삼십대에 더 빛날 수 있어. 대충대충 안 돼. 설렁설렁도 없어." 저는 운동장에서 아이들에게 고래고래 별별 소리를 막 다 하거든요. 전 눈치 안 봐요. 마땅히 할 소리 하는 거잖아요. 밖에서 부모님들, 눈으로는 아이들 보고 계시지만 귀로는 제 얘기 다 듣고 계신 거, 그거 어떻게 몰라요. 그런데 저 그런 거 감안해서 말 안 가려요. 어떨 땐 일부러 들으시라고 하는 것도 있어요.

여기서 배운다고 저절로 해외 진출하고 그러는 거 아니잖아요. 축구만 잘한다고 되는 노릇도 또 아니고요. 신중해야 하고 겸손해야 한다고 아주 지겹게 반복해요. 타인에 대한 존중이나 배려가 삶에서든 축구에서든 기본이니까요. 그런데 이걸 몰라 이기적으로 자라는 아이들이 너무 많은 거예요. 그런데 이 애들이 어디서 크냐. 가정이잖아요. "아직 멀었어. 봄날은 갔어. 이제 시작이야." 방학 때 애들 훈련하는 거 한번 보셔야 하는데. 딱 일주일 하니까 다 퍼지더라고요. 참, 시인님 여기 와서 살 빼겠다는 성인반 사람들도 좀 있거든요. 그럼 제가 뭐라고 하는 줄 아세요? 일단 관 하나씩 짜서 와보시든가. (웃음)

살이요? 관이요? 저도 살은 좀 빼고 싶은데 관보다도 감독님 무서워서 한번 갔다가 관만 놓고 냅다 도망 나올 것 같은데요.

손 | 쭉 빼드릴 자신 있는데 언제 꼭 한번 오시든가요. 아주 그냥 눈물을 쏙 빼드릴게. (웃음)

문득 '희생'이라는 단어를 감독님은 어떻게 받아들이실까 궁금해졌어요.

손 | 아주 아니라고는 말 못 할 것 같고요, 나름 희생이란 걸 아주 조금은 했다고 봐야죠. 내가 갖고 싶은 걸 다른 사람이 가졌어, 그

러면 우리는 보통 저 사람이 가진 것만 보고 그가 그것을 갖기 위해 얼마나 노력했는지 좀처럼 그건 인정하려 들지를 않지요. 그죠. 인정처럼 하기 쉬운 것도 없는데 이상하게 거기서 뻣뻣해져요, 사람들이. 저는 종종 말해요. 성공한 사람들은 남 잘 때 안 자고, 남 먹을 때 안 먹고, 한발 한발 정상을 향해 올라서 지금 저 꼭대기에 있는 거라고요. 세상에 공짜는 없잖아요. 어떤 목적을 향해 갈 적에 단순하게 저기 딱 저 지점이다 정확히 찍고 가는 태도가 삶에 있어 가장 탁월한 아이디어가 아닌가. "실패하지 않고 성공할 수 없다. 하지만 같은 실패를 두 번 하면 성공할 수 없다." 너무 유명한 말이죠. 조지 버나드 쇼요. 이 말이 제 인생의 핵심이거든요. 한 번은 괜찮아, 그런데 이 같은 걸 또? 그럼요, 끝이에요.

축구 다음으로요, 감독님 스스로 생각해봐도 정말 이건 잘했겠다 싶을 만한 일이 있으셨을까요?

손 | 하하. 저요, 뭐든 하기만 했음 축구보다 잘했을걸요? 구두 닦는 것도 생각을 해봤거든요. 저요? 엄청 잘 닦죠. 좀 그래 보이지 않아요? 저는 미니 봉고 사서 1인 청소업체 차리는 일까지도 구상을 해본 적이 있어요. 직장인들에게 월급이요, 그거 회사에 공헌해서 받는 돈 아니잖아요. 자기 삶의 기회 손실 비용으로 받은 거잖아요. 더 큰 자리가 있고, 더 벌 기회가 있는데, 그 엄청난 걸

놔두고 내가 왜 이 조그마한 데서 이걸 받고 있을까? 그래서 생각의 각도 전환이 중요하다는 거예요. 왜 그런 말 있잖아요. 일 킬로미터의 전력 질주보다 일 도의 방향전환이, 일 톤의 생각보다 일 그램의 행동이 중요하다고요. 생각의 각도를 아주 조금만 바꾸는, 한 번쯤 그런 가능성으로 자신을 밀고 가봐도 좋은데 솔직히 쉽지는 않죠. 불안할까봐, 실패할까봐, 지금까지 쌓은 게 무너질까봐, 시도 자체를 안 하게 되는 것도 맞고요. 비겁하면 안전할 수 있지만 절대로 창조는 없어요. 그 밋밋한 데서 창의력이 어떻게 발생하겠냐고요.

감독님 얘기 듣고 이러다 너도 나도 직장 때려치우고 자영업에 나서는 거 아닌지 몰라요. 그런데 그것도 내가 어떤 일을 좋아하는지, 그 일을 내가 잘할 수 있는지 꿰뚫어야 저지를 수 있는 모험 같거든요. 이런 얘기를 그러니까 감독님은 아이들에게 자주 해오셨다는 거지요?

손 | 돌이켜보면 저는 말보다는 행동이었던 것 같아요. 말로는 잘 안 하고요, 어떻게 보면 절대로 무시할 수 없는 모범, 어떤 룰을 보여주려고 몸을 많이 써왔던 것 같아요. 정말로 부모는 자녀의 롤 모델이 되어야 해요. 그러기 위해서는 솔선수범해야 할 테고요. 그다음, 그다음으로 아주 중요한 것이 위엄이라고 봐요. 그

건 딱 내 자식들이 인정할 정도면 충분하달까요. 넘칠 필요가 없는 게 위엄 아닌가 해요. 괜한 무게 잡음이야말로 불필요한 에너지 같고요. 뭐든 양 조절이 화두겠지요. 너무 모자라도 그렇고, 너무 넘쳐도 그렇고, 돌이켜보면 저는 아이들 키우는 데 균형감을 정말 많이 따졌던 것 같아요. 지성에 감성이 더해질 때 움직이는 건 결국 마음 아닌가요. 부모가 아이의 마음을 움직인다 할 적에 그 운동량은 정말 어마어마하지 않나 싶어요. 저는 교육 관련 전문가도 아니고, 또 그렇다고 아동심리학 박사는 더더욱 아니지만요, 부모로 아이를 키워봤으니까요, 저 같은 경우는 가르치기도 했으니까요, 그 경험에 빗대 용기를 내어 주제넘지만 이렇게도 말씀드릴 수 있는 것 같아요.

뭐가 주제넘어요. 경험만한 스승이 어디 없더만요.

손 | 그땐 그런 말 자체가 없었지만 저는 어린 시절 지금의 왕따 같은 거였거든요. 어쩌면 자처했을지도 모르겠어요. 친구도 없고, 친구 사귈 마음이 아예 없기도 했고, 또 사실 밥 먹고 축구만 해도 하루가 모자랐으니까요. 그런데 일찌감치 그건 알았던 것 같아요. 내가 왕따가 되지 않기 위해서는 내가 강해지면 되는 거다, 하는 거요. 저는 그게 또 부모의 영향이라고 보거든요. 행복을 아는 아이는 행복한 부모를 먹고 자라요. 부지런한 아이는 부

지런한 부모를 먹고 크고요. 부모는 누구보다 제 아이에 대한 파악이 일찌감치 끝나 있어야 해요. 그러면 부모들이 하루하루 돈 버는 데만 급급하고, 자기 편한 대로만 게으름 피우고, 자기 좋아하는 일에만 진탕일 수는 없지 않겠어요? 관심의 여부는 시간이잖아요. 시간을 들였냐 안 들였냐 그것이 증거일 수 있잖아요. 애가 학교에서 왕따라고 할 적에 그 이유를 부모가 모른다? 그럼 그건 아무도 모르는 거예요.

만약에 내 아이가 학교에서 심각한 왕따를 당했다, 그러면 감독님은 어떡하실 거예요?

손 | 전 학교 당장에 그만두게 하죠.

그런데 만약에 내 아이가 학교에서 심각한 문제를 일으켰다, 그러면요?

손 | 일단 잘잘못을 정확히 따지겠지요. 그리고 사과할 거 분명히 하고, 해결할 거 확실히 하고, 그다음에 아주 엄하게 혼쭐을 내겠지요. 이때 가늠해야 할 건 아이에게 평생 트라우마로 남을 정도의 지나친 폭행이나 폭언은 삼가야 한다는 거예요. 아무리 화가 나도 아이에게 모멸감과 수치심이 평생 새겨질 만한 매와 말은 피해야 한다는 거예요. 그 경계를 따져야 하는 건 내 아이도 결

국, 아이니까요. 그 일로 아이를 매사에 주저주저하지 않게, 턱없이 우유부단해지지 않게, 그 정도라는 가늠이 부모의 역량을 드러나게 하는 대목 같아요. 그런데도 아이가 지속적으로 같은 잘못을 반복한다? 그럴 땐 고쳐질 때까지, 예컨대 애 데리고 가서 상대 아이 앞에 무릎 꿇는 거예요. 우리 아버지 자존심을 내가 아는데 나로 인해 우리 아버지 자존심이 땅에 꿇렸구나. 아이의 마음이 땅에 닿는 데까지 반복 또 반복, 반복해야 하는 거예요.

훈육도 아이의 숨쉴 구멍은 열어둔 채로 하라는 거, 그게 넘치면 아이의 숨쉴 구멍이 꽉 다 막힌다는 거, 아 균형이란 정말 어려운 것 같아요. 그래서인지 불안을 호소하며 병원 찾는 아이가 정말 많다고도 하더라고요.

손 | 병원에서 도움을 받을 순 있겠지만 결국 문제의 해결책은 가정에서 찾아야 한다고 봐요. 한번 왜, 왜라고 서로 질문해보는 거예요. 부모나 자식이나 저마다 왜라고 질문하는 데서 각자의 바닥이 드러나고, 거기에서 서로에 대한 앎이 시작될 수 있다고 보거든요. 왜 학교에 가야 하고, 왜 취직을 해야 하고, 왜 일해야 하고, 왜 쉬어야 하고, 왜 청소기는 여기 있어야 하고, 왜 책상은 깨끗해야 하고, 왜 아침에 일찍 일어나야 하고, 왜 몸을 깨끗이 씻어야 하고…… 그 왜를 안 한다는 건 다시 말해 생각 없이 사는 거

고, 사는 대로 생각한다는 거잖아요. 그 왜는 결국 탐구하기로 이어지거든요.

탐구요?

손 | 제가 이 말을 엄청 좋아해요. 탐구가 저한테 타격감이 큰 단어 중 하나거든요. 파고들어 가보는 데까지 깊이 연구한다는 거, 그런데 죽어도 끝이 없다는 거, 그거 얼마나 신나요. 또 제가 좋아하는 말이요? 탐구 나왔으니 상상? 상상도 제 고유한 생겨먹음에서 뻗어나가는 재능이니까요. 미래는 상상력의 시대잖아요. 우리뿐 아니라 아이들에게 있어 상상력과 창의력은 미래를 여는 준비된 힘이 맞잖아요. 상상하는 것은 나의 사실이 되고, 생각하는 것은 나의 현실이 된다고, 상상력이 지식보다 귀해진 건 어제 오늘의 일은 아니잖아요. 축구를 할 때도 전에는 생각해, 생각하라고! 그랬거든요? 요즘은 이러는 것 같아요. 상상해, 상상하라고!

상상하라고요? 음 지금 감독님이 머릿속에 상상하고 있는 단어라면요?

손 | 음…… 임기응변?

임기응변이요? 이 타이밍에요?

손 | 이유는 모르겠어요. 그런데 이건 사실 전술 전략을 다 꿰뚫고 있는 사람만이 최종적으로 뱉을 수 있는 말이잖아요. 그 자리에서 즉각 결정하거나 처리할 수 있다는 건 애초에 만반의 준비를 끝낸 사람이 아닌가……

왠지 저는 그 이유를 알 것도 같은데요. 결국 제 일에 있어 최고의 경지에 이른 사람만이 가질 수 있는 자세라는 거잖아요. 어쩌나, 딱 감독님이시네. 감독님이 감독님 불러내셨네.

손 | 나참, 사람 면전에 두고 시인님 또 이렇게 물을 탁 뿌리시네. 그런 말도 안 되는 얘기 하시는 걸 보면 저 이제 가란 말씀이죠? 저 가요, 가.

노후

"노욕처럼 추한 게
어딨겠어요."

"큰일을 성취하고자 한다면
나이들어서도
청년이 되어야 한다."

—괴테

가볍게라도 술은 좀 하시는지요.

손 | 와인이나 막걸리 한두 잔? 딱 그 정도 해요. 저는 와인 종류도 맛도 잘 몰라요. 처음 독일에 갔는데 레드와인이 건강에 좋다고들 해서 그때부터 기회 있을 때 마시곤 하는 것 같아요. 넘치게는 안 해요. 다음날 아침에 일어나서 약간이라도 알콜기가 있으면 그게 기분이 아주 별로더라고요. 전 운동하는 사람이잖아요. 폭음이요? 전 진짜 평생에 단 한 번도 없던 일이고, 또 상상조차 못 해본 일이에요. 아 매일요? 아 시인님은 매일 드시는구나. 에이 뭐 어때요, 시인님은 매일 드셔도 글을 쓰는 사람이니까 가끔 술이 글도 대신 써주고 그러는 거겠죠.(웃음) 맘껏 드세요. 대신 건강만 해치지 마세요.

평소 감독님은 무얼 주로 드시는지 궁금하긴 했어요. 화면으로 뵈었을 때도 그렇고 직접 만나고 나서도 그렇고, 와 감독님 몸에 지방이라는 게 존재하기는 하는 건가. 그래서 꼭 여쭙고 싶은 한 가지가 있긴 했어요.

손 | 뭔데요?

체지방률이요.

손 | 하하. 저한테 그 질문하는 사람 처음 봐요. 글쎄 정확한 수치는 제가 기억을 못하는데 아마도 한 자리겠지요 뭐. 저는 매일같이 운동하잖아요. 제가 워낙에 단순한 걸 좋아하니까요. 물론 제 성격상 몸에 뭐 붙을 새가 없기도 하지만요. 제가 "흔들리면 지방이다" 가끔 우스갯소리도 하는데요, 예전부터 저는 다이어트의 개념이라기보다 노년기를 어떤 몸으로 살 것인가 아주 근본적인 고민을 꾸준히 해왔던 것 같아요. 늙어 제가 건강하지 못하면 주변 사람들에게 큰 폐가 되잖아요.

가만 보면 '폐'에 대한 강박이 좀 크신 것 같아요. 남에게 신세를 끼치는 게 감독님에게는 어쩌면 이리도 괴로울 수 있는 일인지요.

손 | 내가 나에게 가장 소중한 존재라면, 남도 남에게 가장 소중한 존재일 거 아니에요. 나의 소중함을 안다는 건 그걸 인정한다는 얘기잖아요. 그렇게 접근해야죠. 역지사지가 바로 그거죠. 나이가 들수록 매너 있게 굴라는 건, 할 수 있는 한 최선을 다해 나를

지키라는 말일 수 있어요. 그건 결국 남도 지켜주는 일이 되잖아요. 우리 저마다 그 선을 잘 지켜야 해요. 밥상머리 에티켓이 다가 아니라고요. 그 너머까지를 늘 생각해야 한다고요.

일종의 고정관념일 수도 있을 텐데요, 감독님 혹시 한식 마니아 아니세요?

손 | 시인님 저에 대한 고정관념에 푹 사로잡혀계셨네. 저 진짜 아니거든요. 잡식 마니아거든요.(웃음) 독일에 간 초반에는 제대로 음식을 못 챙겨 먹었죠. 그럴 여유가 없었으니까요. 숙소에서 빵이랑 커피로 아침 한 끼 먹으면 그걸로 끝이었으니까요. 나중에 한 이 년 지나고 삼 년 차 됐을 때는 집을 하나 얻을 수 있었고, 그때는 거기서 해 먹을 수가 있었어요. 아침에 과일하고 빵, 점심에도 빵, 저녁에는 애가 집에서 밥을 먹으니까 한식. 그런 눈으로 바라보실 거 없어요. 그렇게 외국에 나가 있었다 하면 되게 짠하게들 바라보시곤 하는데요, 다행히도 저희는 다 습관이 되어 있었거든요.

습관이요?

손 | 제가 프로선수로 생활할 때부터 과일이랑 채소랑 달걀 같은 거랑 해서 식탁을 아주 가볍게 유지해왔던 편이거든요.

와중에 불쑥 끼어들어 죄송한데, 감독님 어떤 과일 좋아하세요? 아까부터 묻고 싶었어요.

손 | 가리지는 않는데 하나 말해보라면 일단 사과요. 영국 속담에 "하루에 한 개의 사과는 의사를 멀리하게 한다"라는 말이 있어요. 아침에 일어나 무조건 사과는 하나 먹어요.

아하, 사과는 저도 일단 접수요. 그래서요? 자꾸 말꼬리 잘라먹어 죄송해요.

손 | 아녀요. 제가 호랑이띠잖아요. 꼬리 잘 잡으니까 걱정을 마세요. 암튼, 아이들 어릴 때도 애 엄마가 아침밥 준비하느라 오전 시간 안 잡아먹으니까요, 번잡함도 없고 아침이 아주 심플한 거예요. 애가 독일 나가기 전부터 우린 이미 그러고 살았으니까 확실히 독일 생활에 적응하는 데는 도움이 되었죠. 아침에 몇 첩 반상 막 이래봐요. 밥상들 차리다 죽어나갈 거 아네요. 무엇보다 칼로리 계산이 중요한 시대가 왔고요. 식습관은 무서운 거예요. 못 먹어서 죽기보다 소화불량으로 죽는 사람이 더 많은 거, 그게 팩트잖아요.

물론 크고 작은 어려움이야 이루 말할 수 없었겠지만 외국에서 생활하는 데 있어 일단 의식주, 특히나 드시는 일에 불편함이 없었다는 건 어쩌면 큰 복 같기도 해요.

손 | 네, 그건 정말 맞는 말씀이에요. 나는 무슨 일이 있어도 매일같이 아이를 봐야 하는 사람이고, 나는 무슨 일이 있어도 매일같이 운동을 해야 하는 사람이고, 나는 무슨 일이 있어도 매일같이 책을 안 읽으면 안 되는 사람이잖아요. 그런 거 못 견디면 거기 오래 못 있어요. 전 매일같이 혼자여도 늘 시간이 모자랐거든요. 산책도 해야 하고, 사색도 해야 하고, 음악도 들어야 하고. 내가 지금 사색해, 그러면 사람들은 제가 외롭고 고독해서 쓸쓸함에 빠져 있는 줄 알아요. 아니거든요. 사람이 외롭고 고독해서 사색하는 거 아니잖아요. 깊이 생각하면서 이치를 따지려고만 해도 얼마나 바쁜데요. 시간을 얼마나 잡아먹는데요.

여기서 감독님의 사색을 '작정하고 생각하기' 정도로 이해하면 쉬우려나요.

손 | 사람이 육십을 넘어가잖아요. 그럼 노년의 삶을 두고 노후 대비를 걱정하지 않을 수가 없는 거예요. 돈도 돈이지만 특히나 외로움과 고독을 미리부터 훈련하지 않으면요, 결코 만나지 말아야 할 사람들을 만나 인생 후반이 힘들어질 수도 있어요. 저도 다 주위에서 보고 드리는 말씀일 거 아니겠어요? 노후의 건강이라

든지, 자금이라든지, 시간이라든지, 이런 고민을 저는 비교적 일찌감치 시작했는데요, 그건 나보다 앞서 살아본 삶을 토대로 한 책들을 많이 접하고 난 데서 비롯했던 것도 같아요. 그분들 좇아 읽고 딱 한 가지만 여기 머리에다가 각인하고 살자, 했어요. 내 옆에서 나 힘들게 하는 사람, 그런 사람 좋아할 사람 세상천지 어디에도 없다, 그것만 기억하고 살자. 근데 그건 틀림없더라고요. 내가 남 안 괴롭히면 남도 나 안 괴롭혀요. 내가 지금 괴롭다면 내가 지금 남 괴롭히고 있는 거예요. 근데 그건 진짜예요.

내가 지금 괴롭다면 내가 지금 남 괴롭히고 있는 거다…… 저 여기서 일단 가슴 치네요. 이런 기본적인 마음의 바탕에 워낙에 철두철미한 생활습관을 갖고 계시니 감독님이 준비하는 노후가 진짜 궁금해지네요.

손 | 저라고 뭐 특별할 게 있겠어요. 육체적으로 오래 건강할 수 있게 그 준비를 하는 것이겠고요, 정신적으로는 지식과 지혜를 부족하나마 챙겨서 지금까지 쌓았던 경험을 토대로 존경했던 어른의 노년을 흉내라도 내보려는 노력 정도라 하겠지요. 정말 어딜 가도 젊은이들이 피하지 않는 노인이 되어야 한다니까요. 그래서 지금도 제가 막 팩을 하고……

헐, 팩이요?

손 | 아니 뭘 또 그렇게 놀라실까. 저란 놈은 거저 팩 하나 줘도 절대 안 하게 생겼는데 웬걸 하는 표정이신데요.(웃음) 아 저도 팩해요. 팩 할 줄 안다니까요. 그것도 매일 해요. 여유가 되면 일일이팩도 한다니까요. 선크림도 얼굴에 잘 문대요. 아주 그냥 선크림은 필수. 생각보다 저 나름 신경쓰는 편이에요. 그렇잖아요. 자기관리에 나이가 있나요. 자기관리에도 꾸준한 성장이 있어야 하는 거잖아요. 나이가 들었으니까 그 나이에 맞게 옷을 입어야 해? 저는 그것도 아주 싫어해요. 신체가 거시기해 티는 잘 안 나도, 돈이 없어 값비싼 메이커를 휘두르지는 못해도, 저는 주변에서 그래도 저 사람 옷 좀 입을 줄 아네, 하는 말 들을 정도로는 노력하고 있어요. 보기 좋은 떡이 맛도 좋은 법이잖아요. 나이 먹어서 딱 좋은 건 그저 그거 하나예요. 대중교통 탔을 적의 경로우대.

솔직히 뵐 때마다 바지를 유심히 보고는 했어요. 감독님 바지 하여간에 뭐 있다! 제가 패션을 잘 몰라서 설명할 길은 없는데, 고유한 스타일 같은 게 진짜 있으시다니까요.

손 | 나참 싸구려만 입는구만. 시인님도 가만 보면 참 오버쟁이야.(웃음) 제가 존경하는 어른들이 책에 많이 들어앉아계시는데요, 그분들과 똑같이 되기는 어렵겠지만 그래도 흉내라도 내보려

고 메모해둔 몇 가지가 있어요. 그중 가장 첫째가 욕심내지 말라는 거. 노욕처럼 추한 게 어딨겠어요. 두번째는 소식하라는 거. 그거 아시죠? 소식이 최고의 음식인 거. 과음하지 말고, 운동하고, 공부하고, 말수를 줄이고, 목소리 낮추고, 나누고, 베풀고, 무엇보다 또 항상 주변 정리하고, 내 몸 청결히 하고. 저는 향수도 그래서 잘 골라 써요. 모으는 정도는 아니고 한두 개 가지고 번갈아 쓰는 정도는 되는데요, 향에 예민한 편이기는 해서 나름 신중하게 고르기는 하죠. 팩도 그렇고, 향수도 그렇고, 꼬박꼬박 붙이고, 또 아침저녁 뿌려댄다 해서 갑자기 젊어지는 건 아니지만요, 제 노력으로 어떤 면이든 개선될 수 있는 여지가 조금이라도 있다면 내추럴한 상태에서 그걸 극대화해보는 게 제 방식 같긴 해요.

기회 봐서 더 자세히 여쭙겠지만 몸 관리에 대해서는 정말 하실 말씀이 많을 듯해요. 관리는 언제부터 시작하신 거지요?

손 | 근력운동 시작한 지는 한 사십 년 가까이 된 것 같아요. 나이 들수록 근육이 참 중요하거든요. 근육은 최고의 식량이라 할 수 있어요. 특히나 혈관을 건강히 유지하게 한단 말이죠. 사람은 혈관과 함께 늙어가는 거잖아요. 그리고 노화는요, 하체로부터 와요. 그래서 많이 움직이라고 하는 거예요. 더군다나 나이 먹으면

다리는 가늘어지고, 엉덩이는 함몰되고, 배는 불룩해지니까요. 일단 관에 들어가기 전까지 걷기라도 매일 하는 게 당연한 소리겠지만 아주 중요한 건강 저축법이에요. 일단 걸을 수 있으면 내가 원하는 데를 내 의지껏 갈 수 있잖아요. 사람들은 건강을 유지한다는 말은 쉽게 하면서도 건강을 저축한다는 생각은 잘 못 하는 것 같아요. 오래오래 글 쓰시려면 시인님도 알아서 건강을 저축하셔야 해요.

요즘은 정말이지 건강을 저축하라는 말이 깊이 와닿아요. 또 메모해야지.

손 | 세상을 움직이려면 몸이 되어 있어야 해요. 운동도 상상인 것이요, 어쩌다 장소나 기구가 바뀔 때가 있잖아요. 그렇다고 운동을 안 할 수는 없고, 바뀐 환경에서 내 운동프로그램을 거기에 맞게 바꾸는 임기응변으로 하다보면 그런 사고의 신축성이 절로 생기거든요. 그러니까 노년에 우리가 운동해야 한다는 거예요. 가만, 지난 만남에서 임기응변 얘기가 나와 내 입으로 가버린다 했는데 이렇게 내가 확 뱉어버리네. 이러면 이거 내가 임기응변에 능한 사람이라고 바로 인정해버리는 꼴이 되는데. 에이 모르겠다, 이렇게 바로 수긍하는 것도 일종의 유연함이라 봐주시면 좋겠네요. 늙어갈수록 늘어나면 더 좋은 거, 그 유연성이 저는 어

른이 가질 수 있는 매력 가운데 최고라고 봐요.

그때 운동장에서 몸을 푸시는 걸 보니까요, 엄청 유연하시더라고요. 이 또한 스트레칭이라는 기본을 매일 실행해오신 결과가 아닐까 하는데요.

손 | 유연하지 않으면요, 절대로 축구 못 해요. 바로 다쳐요. 부상을 당하면 이 좋아하는 축구를 영 못 하고 살 거란 말이죠. 그러니까 비가 오나 눈이 오나 무조건 스트레칭하는 거예요. 저는 나이가 들어갈수록 세상을 바라보는 관점에 있어서의 유연성도 크게 염두에 두고 살아야 할 덕목이라고 봐요. 유연성은 어디에서 나올까요? 바로 결단력과 속도지요. 유연성은 부러지는 게 아니라 휘는 생각이잖아요. 어떤 상황에서든 옳고 빠른 대응을 해내는 것이 품격 있는 어른의 지혜라 할 때 그 속도의 관건은 역시나 심플한 환경에 있다고 봐요. 단순할수록 속도전에서 이길 확률이 높으니까요. 지저분하고 복잡한 데서 유연한 사고를 확장할 수 있다? 절대로, 없다! 느릿느릿 그제야 집 치우다 안 그래도 그 아까운 시간 다 보낸다니까요.

감독님만 만나면 얼른 집에 가고 싶어진다니까요. 청소하고 싶어 안달이 난다니까요.

손 | 시인님, 여기서 제가 질문 하나 할게요. 만약에 닭을 키우려고 닭장을 지었는데 밑에서 물이 샌다 쳐요. 이럴 때 시인님은 어떡하시겠어요? 닭이 불쌍하다고요. 에이 지난번 보니까 닭고기 잘 드시던데. 하하 농담이고요, 닭을 빼내고 오리를 넣어주는 것도 방법이지 않겠어요? 그날부터 닭이 아니라 오리를 키우면 되잖아요. 전 그래요. 그런 빠른 생각의 전환이 유연성 아니겠나 하는 거예요. 네? 닭장을 새로 짓는다고요? 시인님은 참 돈도 많으셔. (웃음) 난 돈 없어서 못 부숴요.

사고든 몸이든 유연해지고 싶으면 요가를 하라고, 추천을 자주 받기도 했는데요, 전 요가도 참 어렵더라고요. 나이가 들면 알아서 진짜로 어른이 될 줄 알았는데 말이에요.

손 | 돈을 가두고 잠그고 잘 지켜내는 일도 중요하지만, 언제 입을 다물고 언제 지갑을 열어야 하는지 그걸 잘 아는 이가 진짜 어른이구나 싶어요. 최고의 노인은 젊은이들한테 둘러싸여 신나게 대화하는 어른이 아닐까요. 깊은 대화를 나눌 수 있고, 세대를 뛰어넘어 스스럼없이 농담을 주고받을 수 있는 어른. 물론 저는 책에서 찾죠. 쉽게 찾아지고 많이 찾아지니까요. 저는 인맥 쌓으러 허비하고 다닐 시간에 책상에 책 쌓으시라는 말씀 꼭 드리고 싶어요.

그런데 켜켜이 쌓인 책을 어쩌지 못하는 저도 있잖아요, 감독님.

손 | 저처럼 읽고, 쓰고, 버리시라니까요. (웃음) 그리고 또 한 가지, 갑질 같은 거 죽을 때까지 모르고 살다 가면 좋겠어요. 전 최고로 싫은 게 그 갑질이에요. 경영자 중에서 조직원들 월급 줄 때 무슨 선심 쓰듯, 마치 제 지갑에서 용돈 주는 듯, 그러는 사람들 있잖아요. 전 그게 가장 나쁘다고 봐요. 일은 시키는 사람이나 하는 사람이나 서로 고마워하면서 할 때 빛이 나는 과정이잖아요. 전 다른 머리는 없는데 기억력, 요거 하나는 좀 좋은 편이라. 에이 그거 집착과는 달라요, 시인님. 저 과거에 연연하는 스타일도 아니고요. 예를 들어 제가 어떤 일을 안 좋게 당했다 그러면 최소한 그거 남에게 그대로 안 저지르고 살면 좀 나아지는 거 아닌가. 얼굴 보라고만 거울 있겠어요. 경험도 좀 비추고 하라는 거지.

앗 들켰다. 저 테이블 아래 가방에서 거울 자주 꺼냈는데 저 보셨구나.

손 | 보셔요. 실컷 얼굴 보는 것도 못지않게 소중한 거예요. (웃음) 넬슨 만델라가 그랬다고요. 아이디어는 애초에 완벽한 형태로 세상에 나오는 게 아니고, 그 일을 시작할 때 비로소 명확해지는 거라고. 그러니까 끊임없이 끝이 안 나는 아이디어를 창출하기 위해 하던 생각을 계속해야 하는 거예요. 제가 어딜 가나 독서 노트

나 메모지를 꼭 챙기는 게 바로 그 이유에서예요. 잡아두지 않으면 순간 증발이 되거나 기화가 되는 게 아이디어니까.

진짜 궁금한 것이 하나 있어요 감독님. 전부터 여쭙고 싶긴 했었는데요, 감독님은 어떻게 그렇게 누가 무슨 말을 했다, 하는 명언을 줄줄 외우실 수가 있어요? 전 진짜 누구의 말, 누구의 문장, 이런 걸 도통 못 외우거든요. 떠올리려 하면 머릿속이 하얘져요.

손 | 전부 다 기억하자면 한 줄도 건져올리지 못할 거예요. 독서노트를 제가 왜 쓰겠어요. 전 저한테 필요한 것만 선별해서 그것만 달달 외운다니까요. 나한테 필요한 걸 취하고, 나한테 필요 없는 걸 버리고. 일단 다 가져본 다음에 내게 요긴한 핵심만 챙기는 거죠. 어느 날 책을 보는데 노자 말씀이 툭 튀어나와요. "적으면 얻은 것이요, 많으면 미혹된 것이다." 순간 눈앞이 번해지는 거예요. 그간 내가 하고 살던 짓거리가 영 엉망인 것은 아니었구나. 계속 이렇게 살아도 되겠다. 물론 나는 이렇게밖에 살 수 없는 놈이지만, 이 방향으로 나는 직진한다. 책에서 그렇게 확신을 얻는 거죠.

less is more. 적을수록 풍요롭다. 이런 메모가 이 안에 괜히 있는 게 아니네요. 그럼에도 돈, 돈 얘기를 안 꺼낼 수가 없는 것이요, 돈은 생각의 접근을 좀 달리해야 하지 않나 싶기도 해서요.

손 | 저 어려서 처음 축구를 시작할 때 우리집이 엄청 가난했거든요. 형들 두 분은 일찌감치 돈 벌러 나갔는데 항시 저는 왼쪽 가슴 아래 태극기, 그게 나다, 하는 간절한 꿈을 한시도 버린 적이 없었어요. 꿈을 돈에 두지 않고 꿈을 꿈에 두니까 돈을 떠나서 저는 이 나이 먹도록 계속 축구하고 있는 거잖아요? 흥민이는 프로선수니까 뉴스에 연봉도 나오고 어쩌고 하는데 전 걔가 돈이 얼마나 있는지 잘 몰라요. 물론 알려고도 하지 않지만요. 저는요, 앞으로 제가 어떻게 하면 건강히 잘 먹고살 수 있으려나 그 고민만 해요. 제가 일찍부터 자식한테 의지하고 살았으면 제 노후에 대해, 아름답게 나이들어가는 인생에 대해, 이만큼 깊게 생각하며 못 살았을 거예요. 그리고 무엇보다도 겪어보니까요, 자식 돈은 정말이지 쓰기가 참 힘든 거예요.

우리 엄마는 그래도 기쁘게 신나게 잘 쓰시던데요. (웃음)

손 | 하하 그건 뭐 집집마다 사정이 다 다를 테니까요. 저는 처음부터 네 돈은 네 돈이고, 내 돈은 내 돈이야, 선을 딱 그어놨기 때문에 죽을 때까지 저는 저를 책임져야 해요. 철두철미하게요. 저는 돈이 정말 깨끗한 데를 좋아한다고 생각하거든요. 그래서 은행에서 현금을 찾잖아요. 그러면 차 안에서 문 딱 잠그고 하나하

나 다 확인을 해요. 에이, 다리미질을 하거나 그렇게까지는 아니고요. (웃음) 일단 구겨지고 지저분한 돈을 가장 먼저 쓰고요, 가장 깨끗한 돈을 맨 마지막에 써요. 보면 사람들이 참 돈을 함부로 사용한단 말이에요. 저는 돈을 쓸 때도 그냥 내보내지 않아요. "돈아, 가서 친구들 많이 데리고 다시 나한테로 오렴." 내가 돈을 귀하게 여길 때, 돈도 나를 그만큼 대접해주지 않겠느냐 하는 거죠. 돈은 존재의 가장 깊은 곳을 건드리잖아요. 돈에 대한 두려움이 계속 나를 장악해서는 안 된다고 생각하니까 돈에 대한 공부의 필요성도 계속 느끼는 것 같아요.

감독님은 하물며 돈에도 특유의 그 예의를 잊지 않으시는군요.

손 | 우리가 평생 하는 걱정의 근 칠십 퍼센트가 돈이라면서요. 옛날에 한 지혜롭고 현명한 왕이 제 죽음을 앞두고 신하들에게 그렇게 유언했다잖아요. 자기가 죽거들랑 양손을 관 밖으로 나오게 한 채로 관 뚜껑을 덮으라고요. 그 이유를 물으니 인간사 빈손으로 왔다가 빈손으로 가는 게 아니겠냐고요. 인생을 비유하는 데 있어 이만한 설명이 또 없죠. 그쵸. 타격감 바로 오죠.

네. 저 감독님 말씀 듣고 눈으로 계속 그 장면을 그려보고 있었어요.

손 | 『해리포터』의 작가 조앤 롤링이 말했다잖아요. 돈은 마법이

라고. 돈에 대한 생각을 끊임없이 하는 건 버는 것만큼이나 쓰는 게 어려워서일 거예요. 어떻게 하면 잘 나눌 수 있을까 하는 문제가 평생의 화두가 될 텐데요, 일단은 제가 좀 잘 벌고 봐야겠지요. 우선은 감독직에서 안 잘리는 게 급선무겠고.(웃음) 왜요, 저도 잘릴 수 있죠. 우리 아카데미요? 아휴 그럼 적자지요. 저는 아카데미 운영에 있어서도 직원들이 누릴 삶의 질을 가장 최우선으로 생각하거든요. 저는요, 회사 관리하시는 분들에게 사사건건 참견 안 해요. 돈을 어떻게 집행하시는지 의심한 적도 없고, 시시콜콜 따져본 적도 없어요. 저는 무조건 제가 믿고 싶은 대로 믿어요. "내가 안 그러는데 설마 저분이 그러겠어?" 저요, 버는 만큼 잘 쓰겠다는 생각으로 아카데미 시작한 거라니까요.

만약 감독님 스스로 감독님을 경질한다면, 감독님 캐릭터로 보자면 그것 또한 그럴 만한 이유가 분명해서일 텐데요, 나이가 들수록 내가 나에게 보다 객관적일 수 있는 묘책이 감독님에게는 혹 있으실까요.

손 | 이어폰 꽂은 채 혼자 좀 나갔다 오는 일이겠지요. 때마침 귀에서 캐럴이 들린다면 그즈음이 크리스마스라는 얘기일 테고요. 일단 걸어보면 안다니까요.

품격

"큰 종은
잡소리가 나지 않잖아요."

"노하기를 더디하는 자는
용사보다 낫고
자기 마음을 다스리는 자는
성을 빼앗는 자보다 낫다."

—잠언 16:32

요즘에는 개천에서 용 난다는 말이 통용되기가 힘든 시대라 하더라고요. 용띠는 나니까 감독님은 어떻게, 보리밭에서 난 호랑이라 한번 칭해봐도 될까요?

손 | 개천이나 보리밭이나 그냥 미친놈 하나 나온 거죠. 저 그렇게 특별한 놈 아닌데 자꾸 그렇게 몰고 가시면 시인님, 저 진짜로 삐쳐요. (웃음) 저는 그냥 평범해요. 그런 제가 유난스러울 정도로 단순하게 사니까 그게 유난으로 비쳤는지는 모르겠는데요, 다만 저는 저와 관계없는 것을 잡념이라고 딱 끊고 사는 것뿐이에요. 옆에서 별별 난리가 났다 쳐요. 그런데 그게 내 일이 아냐. 그럼 딱 쳐다도 안 보는 거. 저기 앞산에 꽃이 피었어. 그러니까 지금 당장 저기 앞산에 가야 해. 그럼 저기 저 앞산으로 직행하는 거. 그래서 저는 멀티태스킹이 안 돼요. 운전할 때도 핸들만 쥐어야지, 가면서 옆 사람이랑 대화도 못 해요. 전화는 당연히 안 하죠, 휴대폰을 안 쓰는데. 책도 여러 권 동시에 못 읽고 하나를 다 끝

내야 다음 권으로 딱 넘어가는 스타일이에요.

말이 거칠어 미리 죄송하긴 한데요, 요건 리얼함을 살리는 게 중요하다 싶어서요. "저 새끼 저거 되게 예민하네." 어릴 때 이런 얘기 되게 많이 들으셨을 것 같거든요.

손 | 시인님 진짜 귀신같이 잘 아시네.(웃음) 맞아요. 엄청 들었어요. 그건 아주 딱이었어요. "사내새끼가 왜 이렇게 꼼꼼해?" 뭐가 잘못돼도 한참 잘못된 사람처럼 저를 힐난하듯 핀잔 주듯 그런 말들 많이들 했는데요, 지금은 시대가 변해서 속도와 디테일이 강조되는 세상이잖아요. 저는 거기에 하나 더 하라면 신축성을 추가하고 싶은데, 암튼 그렇다고 해도 모든 면에 무조건 다 뾰족하게 구는 압정은 아니었어요. 둔탱이 같은 데도 얼마나 많았는데요.

아버지가 그러니까 기질상 아들들도 축구하는 데 있어 아주 다르지는 않았겠어요.

손 | 네네, 아주 둔탱이들은 아니더라고요.(웃음) 무엇보다 중요한 건 그 예민함을 어떻게 얼마나 잘 조절하느냐에 달려 있겠죠. 선수에게 기복이라는 들쑥날쑥한 감정은 경기력에 아무런 도움이 되지 않잖아요. 대신 인간관계에 있어서는 엄청 예민해야 한

다, 한시도 긴장감을 늦춰서는 안 된다, 늘 말해왔지요. 저 사람과의 경계선을 절대 타 넘어서는 안 된다, 그러기 위해서는 저 사람의 성향을 발빠르게 읽어내야 한다, 늘 그래왔지요.

읽어내도 다 읽어냈다는 티를 절대 내어서도 안 되고요.

손 | 당연하죠. 전혀 모를 정도로 빨리 간파를 하고, 저 사람의 감정을 건드리지 않는 선까지만 접근을 하는 거. 어떻게 보면 그건 다른 이름의 영리함이죠.

또 나왔다, 감독님의 그 '선' 말이에요.

손 | 정말 그건 백 번을 얘기해도 모자라지를 않아요. 돈에 있어서도 내가 얼마를 갖고 있고, 얼마를 벌 수 있고, 얼마를 쓸 수 있고, 하는 그 얼마라는 선을 진짜로 잘 지켜야 해요. 이거 이상 쓰면 나는 빚을 져, 이거에 이거 이상을 쓰면 나는 빚더미에 나앉아, 어제 내 벌이가 이 정도였으니까 나는 어제는 고추장 하나 놓고 밥을 먹은 거고, 오늘 내 벌이는 이 정도니까 나는 오늘은 간장에 소시지 하나를 놓고 밥을 먹어도 돼, 하는 계산을 바로 갖고 있어야 한다는 거죠.

근데 제가 돈이 좀 없어봐서 아는데요, 그걸 다 가늠하고 살려니까 너무 우울해지는 거예요. 무기력해지고요.

손 | 아니죠. 그게 우울의 문제로 끝나는 게 아니니까 문제죠. 빚에 허덕이면 꿈이 날아가요. 오죽하면 빚더미보다 잿더미에서 일어나기가 더 쉽다 그랬겠어요. 빚이 빚으로 끝나는 게 아니라 꿈까지, 미래까지 앗아가니까 심각한 거란 얘기죠. 소유에 대한 고민은 평생 가져가야 하는 거예요. 내 경쟁력은 안 키우고 내 소유욕만 키우고 있는 건 아닌지, 그에 앞서 욕망의 그릇만 너무 헤비하게 키우는 건 아닌지. 법정 스님 말씀이 모두와 잘 지내기 위해 노력할 필요가 없고 사람 사귐에도 헤프면 안 된다고 하셨잖아요. 소유라는 말을 착각하면요, 내가 소유한 것으로부터 내가 소유를 당하게 되어 있어요.

독서 노트에 공자, 노자, 장자, 순자 등등 동양 사상의 주체가 되는 분들의 이름이 많이 등장하고 있는데요..

손 | 아마 그럴 거예요. 한 십 년? 십이 년쯤 되었나? 『논어』를 읽는데 내가 지금껏 이런 세상을 모르고 살았구나 싶은 것이 배움이라는 단어가 엄청 타격감 있게 오더라고요. 시인님도 아시겠지만 제가 국졸이잖아요.

엥? 국졸이요? 에이 또, 또, 그렇게 과하게 낮추신다!

손 | 맞잖아요. 우리 때는 국민학교라고 했으니까 저는 국졸이 최종 학력이잖아요. 저는 중학교 고등학교는 나왔지만 축구하느라고 공부를 안 했잖아요. 그래서 스스로를 국졸이라 하는데요, 어느 날 생각해보니 이 나이 먹도록 내 졸업증명서 한번 보자는 사람이 없는 거예요. 그 순간 확 깨닫게 된 거죠. 누구 보여줄 것도 아닌데 살면서 졸업장에 연연할 필요가 굳이 있겠나. 그런데 책 읽기는 필요하더라고요. '왕자불가간 내자유가추往者不可諫 來者猶可追'라고, 이미 지나간 일은 어쩔 수 없지만 앞으로 다가올 일은 잘할 수 있다고 하는 구절에서 내가 또 눈이 번쩍 뜨였던 거예요.

뭐에 하나 꽂히시면 진짜 드릴처럼 대놓고 뚫어가시는구나!

손 | 유년에 시작한 공부는 막 솟아오른 아침 태양처럼 창창하고, 중년에 시작한 공부는 정오에 내리쬐는 태양처럼 반나절밖에 그 빛을 낼 수 없으나 무척이나 강렬하고, 노년에 시작한 공부는 촛불과 같아서 태양과 견줄 수는 없지만, 그래도 앞을 못 보고 헤매는 것보다야 천 배는 낫다. 제가 어디에서 이걸 보고 아주 그냥 달달 외워버렸다니까요. 거기 독서 노트에도 제가 기억이 나는 대로 메모를 해놨을 건데. (웃음) 배움이라는 것이 나이와 상관이 없다는 것도 우리가 머리로는 모르지 않잖아요. 그런데 책이 탁

타격감 있게 한번 더 때려주니까 등이 밀리잖아요. 이러니 책 읽어야죠, 책 책 책, 책을 읽읍시다, 그런 프로그램도 있었잖아요.

감독님이 책 홍보대사 맡아주시면 너무 좋겠어요. 진짜 사람들 책 안 읽고는 못 배기게 만드실 텐데 말이에요.(웃음) 근데 또 보면 그런 속닥속닥의 궁리요, 호기심이요, 나날이 그게 줄어드는 것도 책을 덜 탐하게 되는 요인일 수 있다고 봐요.

손 | 죽을 때까지 호기심은요, 진짜 버려서는 안 될 마음이에요. 그 마음 다했다 하면요, 내 관 뚜껑에 못질 한다 망치 들어도 못 말리는 마음이라니까요. 그게 무기력이라니까요.

죽을 때라 하시니, 관 뚜껑 운운하시니, 왜 갑자기 이 질문이 떠올랐나 모르겠는데요. 혹시 감독님 아버님은 생존해 계실까요?

손 | 아뇨, 돌아가셨죠.

혹시 그럼 제사는 지내시나요?

손 | 아뇨. 전 안 지내요. 전 제사도 안 모시고 사람들 생일도 안 챙기고 그래요. 내가 오늘 이 사람한테 무슨 선물을 하고 싶다 그러면 오늘 바로 사주면 되지, 꼭 그렇게 날짜에 맞춰 선물하고 그런 성미가 저는 못 되어놔서요. 우리 아버지는 할머니 할아버지

제사 꼬박꼬박 지내셨는데 나는 아버지 돌아가실 때 상황이 바늘 꽂을 만한 땅 한 평도 없었을 때라서요, 그냥 화장해서 뿌렸어요. 그렇다고 영 잊고 사는 건 아니에요. 지금도 전 아버지 어머니 떠올리면 눈물 나요. 세월호 참사도 그렇고 최근에 이태원 참사도 그렇고 우리 기억에 고스란히 자리하고 있는 걸 보면 아무리 웃고 즐거운 일에 찧고 까불어대도요, 슬픔이라는 거는 어디 안 떨어지고 늘 우리 삶에 붙어사는 감정 같아요.

죽음의 문제에 미리부터 겁을 내거나 무서워하실 분은 아니실 것 같긴 한데요.

손 | 두렵다기보다 떠날 때 당당하고 싶어서 늘 생각은 해요. 이를테면 가능한 한 좀 아름답게 죽고 싶어서랄까요. 인디언 부족의 말인지 티베트 속담인지 그 출처는 헷갈리는데 제가 이 말을 외우거든요. "네가 태어났을 때 너는 울었지만, 세상은 기뻐했다. 네가 죽을 때 세상은 울겠지만, 너는 기뻐할 수 있는 그런 삶을 살아라." 참 좋죠. 봐요. 큰 종은 잡소리가 나지 않잖아요. 저는 이런 글귀 마주하면 막 제 안이 출렁대요. 그건 제가 아직 잡병이라는 얘기겠죠. 꽉 찬 병은 출렁대지 않으니까 저는 아직 채워야 할 게 많다는 얘길 거예요.

저는 죽음은 생각했어도 제 장례식까지는 구체적으로 떠올려본 적이 없거든요. 이미 내가 없고 난 뒤일 거니까 무심해지는 어떤 면도 맞을 거예요.

손 | 저 죽었다고 장례식장까지 찾아와 너 잘 죽었다 욕하는 사람, 물론 있을 수도 있겠지만 이왕이면 단 한 사람이라도 애석해하고 저 살아온 것에 대해, 또 평생 제가 해온 일에 대해 얘기해주는 사람이 있다면 그 죽음, 그 마무리는 값지다 할 거예요. 어쨌거나 그 바람으로 제 삶에 더 충실하려 하고, 보다 정직하려 하는 노력은 더해질 수 있는 거잖아요. 제 침대가 방 한가운데에 놓여 있거든요. 그래야 그 양쪽 면을 다 청소할 수가 있잖아요. 그래 두면 침대와 벽 사이에 딱 제 한몸 들어가 뉘일 공간이 생기는데 그 모양새가 딱 관 같더라고요. 저는 하루에 한 번씩 거기 딱 누워봐요. 그러고는 하루를 돌아봐요. 오늘 하루로 삶이 끝난다고 했을 때 무엇이 가장 후회되는 일일까. 그렇게 해서라도 후회를 챙기는 거죠.

매일매일 죽음 연습도 운동처럼 하시는구나.

손 | 그리고 잠자리에 들 때는 실내화 벗어 나란히 두고, 옷도 벗어 항상 칼같이 개어놔요. 실내화 벗어 내팽개쳐진 채로, 옷가지 마구잡이로 벗어던진 채로, 그렇게 내 주변을 정신없이 해두고

잠이 들었다가 영영 눈 못 떴다고 해봐요. 제 살아온 평생을 두고 어떻게들 기억하겠어요.

근데 감독님처럼 살면 일단 몸이 참 고단키는 하겠어요.

손 | 왜 그렇게까지 각을 잡고 사냐고들 하죠. 그런데 그건 남에게 잘 보이기 위한 의식된 제 행동이라기보다 저 스스로와 끝끝내 타협이 안 되는 어떤 지점 같거든요. (웃음) 그러니까요. 내가 나 절대로 안 봐주는 거예요.

감독님의 라이벌은 진짜 감독님인 게 맞네요.

손 | 나의 라이벌은 나. 나의 경쟁자는 나. 나를 이겨야 어떤 상대든 이길 수 있어요. 내 안에 가장 센 나의 강적이 살잖아요. 저는 육체를 정신의 하인이라고 보거든요. 육체가 정신을 이고 다니는 것처럼 보여도, 실은 정신이 육체를 끌고 다니는 거잖아요. 정신이 서면 육체도 서고, 정신이 누우면 육체도 눕잖아요. 저는 이날까지 살면서 제 몸과 타협을 한 적이 없어요. 죽을 만큼 몸이 아프대도 그 소리 한 번을 안 들어줬어요. 다리를 절든 허리를 못 펴든 하루라도 운동을 쉰 적이 없는 게 그래서였어요.

뭔가 벌써 아프고 쑤시는 이 느낌……

손 | 어느 날 침을 맞는데 의사 선생님이 제 허리를 보시더니 전에 디스크가 왔었다는 거예요. 몰랐죠, 저는. 허리가 아프기는 했는데 그러려니 하고 또 병원엘 안 갔으니까요. 이 정도면 엄청난 고통이었을 텐데 어떻게 모를 수가 있냐고 하시는 거예요.

아니 대체 무엇을 위해 그렇게까지 하시는 건데요.

손 | 바로 전에 제가 말씀드렸잖아요. 스스로와 웬만해서는 타협이 안 되는 어떤 절대적인 부분이 분명 있다고요. 그게 저한테는 그 당시에 축구였을 거고요, 그걸 잘하기 위해서는 무엇이든 하는 게 저였을 거고요, 그걸 못 한다면 아무것도 할 수가 없는 게 또한 저였을 테고요. 간절함이란 그런 마음 아니겠어요? 그게 아니면 아무것도 아닌 게 아닌 거요.

감독님 살아오시는 데 있어 따를 만한 스승을 만났더라면요, 그랬다면 감독님은 지금과 많이 다른 삶을 사셨을까요?

손 | 아뇨. 어쩌면 제가 그럴 수 없는 사람이란 걸 가장 잘 알았기 때문에 책을 만나기까지 그렇게 부딪치고 깨지고 터져가며 몸으로 생의 바닥을 굴러다녔을 거예요. 시인님, 제 인생의 좌우명이 뭔지 아세요? 내가 최고로 싫어하는 사람처럼 되지 말자, 그거예요. '불치하문 수치불문不恥下問 羞恥不問'이라 그랬어요. 아랫사람

한테 묻는 것을 부끄러워하지 말고, 모르면서 묻지 않는 것을 부끄러워해야 한다고요. 내가 보기에·나쁜 건 안 하면 되고요, 내가 모르기에 묻는 건 하면 되고요.

대화하면서 저 진짜 한자 한 자 한 자에 입맛 너무 다시고 있네요. 감독님, 한자왕, 암기왕 짱 먹으세요! (웃음)

손 | 아 진짜 시인님, 오늘 절 너무나 놀리시네. 제가 혹시 주제넘게 답하거나 잘난 척이 과하다 싶던 대목이 있었던가요?

에이 그게 무슨 말씀이세요. 절대, 절대로 아니고요, 집에 사자성어 모아둔 책 있거든요. 갑자기 그거 꽂혀 있는 책장이 떠오르면서 『논어』도 다시 읽어야지 싶고, 간만에 자전도 좀 펴보고 싶고, 한자 몇 글자 옮겨 써보고도 싶은 그런 자극을 받았다는 얘기예요. 왜 잡념이 심할 때 한자 쓰다보면요, 무념무상도 되고 그러거든요.

손 | 고작해야 외우는 몇 구절 예로 들어드린 참인데 자꾸 그러시니까 말문이 콱 막혀가지고요. (웃음) 누가 보면 꼴에 책 몇 권 읽었다고 문자 쓰고 있냐, 그럴 수 있잖아요. 아무도 안 본다고요? 제 안에 있는 제가 다 보고 있잖아요. 제 안에 있는 제가 다 듣고 있잖아요. (웃음) 책은 과시하는 게 아닌데 제가 계속 그런 짓거리를 하고 앉았나, 아무튼 시인님도 제 꼴이 보기에 좀 언짢다 하

시면 아주 그냥 가감없이……

호루라기 불어드릴게요. (웃음)

손 | 것도 좋죠. 타격감 완전 제대로겠는데요. (웃음) 진짜 품격 있는 어른으로 늙으려면요, 일단은 경청하는 자세부터 만반의 준비가 되어 있어야 해요. 어떤 얘기에 집중하고, 또 어떤 얘기에 풀어져도 되는지, 분간이 바로 되는 사람더러 현명하다고 하는 것처럼요.

품격이라 하시니까요, 어떻게 보면 인간 됨됨이에 있어 그 꼭대기를 향해 있는 말 같기도 하고요.

손 | 품격이야말로 내적 아름다움이 꽉 들어찬 사람에게만 지칭할 수 있는 말이 아닌가 하거든요. 솔직히 저는 그런 사람 살면서 많이 못 만나봤어요. 제가 생각했을 적에 아름답다 할 사람이요? 음, 사람이 아주 밝으면서도 못내 가볍지 않은 사람? 멀리서 보면 위엄이 있고, 가까이서 보면 천진이 다분한 사람? 어렵지 않은 단어들로 합리적으로 대화를 이어가는 사람? 인품이 따뜻하게 흐르고, 기품이 차갑게 서려 있는 사람? 제 열정을 끝까지 올려세우다가도 그 감정에 올라타서는 자제의 고삐를 틀어쥘 줄 아는 사람?

세상에나, 그런 사람 여기 없습니다, 감독님.

손 | 있다면 그런 사람을 만났을 때 머리 숙여 배우는 거고요. 없다면 그런 사람이 되어보도록 노력하는 거고요. 시인님이 아름답다, 라는 표현을 하셔서 괜히 거창하게 떠든 격이 되었는데요, 제 식대로 단순하게 말해보자면 안팎으로 건강한 사람이 실은 가장 아름다운 사람 같아요. 우유를 마시는 사람보다 우유를 배달하는 사람이 더 건강하다 할 적에, 그 단순하면서도 정확한 사실을 아는 사람이 가장 아름다운 사람 아닌가 하는 거죠.

흔히 사람답게 살아야 한다고 말은 쉽게 하잖아요.

손 | 저는 그 답게를 생각하는 사람이 많지 않아서 그렇다고 보거든요. 그 답게와 바꿀 수 있는 단어라면, 음…… 순간 떠오르는 게 주제 파악밖에 없긴 하네요. 부모라면 부모답게, 어른이면 어른답게, 선배면 선배답게, 스승이면 스승답게, 거기서 답게만 바꿔봐도 풀이가 쉬워지지 않나 해요. 제가 예의를 가장 크게 중시하는 게 그래서거든요.

사실 답게라는 건 책임의 여부, 어쩌면 책임의 그 추궁까지도 하고 있는 무시무시한 말인데, 생각해보면 어른들이 애들 혼낼 때 참 편히 썼어요.

손 | 전 아무리 나이 어린 친구들이라도 절대로 반말 안 해요. 전 항상 존댓말을 써요. 아뇨, 예전부터 그랬어요. 저 고등학교 다닐 때 택시를 타거나 하면 기사님이 꼭 그렇게 반말을 했어요. 전 그때도 그냥 안 참았어요. "아니 저 언제 봤다고 반말이세요?" 바로 쐈다고요. "방앗간 옆에서 크셨어요? 싸라기밥만 먹고 컸어요?" 내가 기분이 나빠가지고 막 들이대기도 했다니까요.

아니 방앗간 옆이 왜요?

손 | 아 시인님 이 표현 잘 모르시는구나. 싸라기가 뭐냐면요, 쌀이 부서져서 반 토막이 난 거요. 보통 상대방이 반말 투로 나올 때 빈정이 상해서 확 뱉는 말이라고 보시면 이해가 쉬우실 거예요. 아무튼 제가 그런 경험을 겪었는데 쉽게 반말 찍찍 하겠어요? 그때 그 기분 나빴던 걸 아직도 기억하고 있는데도요? 나이 그거 계급장 아니잖아요. 나이 그거 무슨 주장 완장 그런 거 아니잖아요. 어디서든 어떤 일에서든 나이부터 들먹이면 그거 꼰대예요. 예전에는 아는 게 힘이었다면 지금은 생각하는 게 답이잖아요. 정말 품위 있고 품격 있게 나이를 먹으려면요, 끊임없이 생각해야 하고 끝도 없이 생각해야 해요. 모르긴 몰라도 전 그렇게 알아요.

근데 저는요, 나이들어 인색한 사람이 진짜로다가 너무 싫거든요,

손 | 제가 딱 한 말씀만 드릴게요, 시인님. 퍼주고 망한 장사는 없어요. 조금씩 나누고 나눠서 주변이 넓어지고 넓어지면요, 그거 다 누구 거? 퍼준 사람 거!

깊이 보기

리더

코치

부모

리더

"그 시간에 우리 팀 선수 챙기지,
상대 팀 전술 챙기지 않는다고요."

"주변이 어둡다고
투덜대지 말고
네가 먼저 촛불을 켜라."

—**간디**

리더십. 무리를 다스리거나 이끌어가는 지도자로서의 능력. '무리'라 하니 절로 사자들이 떠올랐는데요, 감독님은 진짜 그 '떼'라는 단어와는 정말 안 어울리시는구나 싶어요.

손 | 제 별명이 스라소니였던 거 아세요? 선수 시절에 한 기자분이 저를 기사에 다뤄주신 적이 있는데요, 거기 그렇게 쓰셨더라고요. 아주 맘에 들었죠. 나라는 사람을 비교적 잘 꿰고 계시는구나 싶었죠. 비슷한 과의 호랑이나 표범처럼 스라소니도 단독 생활을 하는데요, 걔들과 달리 덩치가 아주 작거든요. 그런데 걔들 이상으로 사냥을 아주 잘하는 것이 좀 야무진 데가 있더라고요.

그러고 보니 저에게는 시옷 발음의 영향도 있었어요. 감독님은 휴대폰 사용 안 하시니까 제가 잠깐만 스라소니 좀 검색해볼게요. 갑자기 특이한 습성 같은 게 있는지 궁금해져서요. "성질은 난폭하며, 잠복하고 기다렸다가 먹이를 잡아먹으며, 헤엄도 잘 치고 나무

타기도 잘한다." "우는 소리는 높지만 유연하며 자주 울지 않는다." "멸종위기 야생생물 1급으로 지정되어 보호받고 있다." 와 근데 그 기자분 누구신지 모르겠지만 진짜 잘 포착하신 것 같은데요?

손 | 그러니까요. 제가 만나면 상 드리고 싶다니까요. (웃음)

"우는 소리는 높지만 유연하며 자주 울지 않는다." 이 설명을 특히 저는 여러 번 읽게 되는 것 같아요. 멋있잖아요. 그럼에도 성격상 감독님은 울음보다는 웃음에 더 큰 방점을 찍고 계실 것이다 미루어 짐작이 되거든요.

손 | 어떤 책에서 읽었는데요, 테레사 수녀님이 봉사를 하겠다고 찾아와 일에 나서려는 사람들을 면접할 때 요 세 가지를 물으셨다고 해요. "잘 잘 수 있는가, 잘 먹을 수 있는가, 그리고 잘 웃을 수 있는가." 웃음이야말로 저는 리더의 핵심 자질이라고 봐요. 유머는 우리 삶의 윤활유잖아요. 저는 유머 사용한 지 얼마 안 됐어요. 유머는 여유와 일맥상통이잖아요. 가끔 아카데미 식구들 앞에서 유머러스한 얘기들이다 싶은 걸 툭툭 던지기도 하는데요, 이제야 제 안에 작은 자신감 같은 게 생기기도 한 모양이에요. 겸손한 척하는 거 아니에요. 진짜예요.

감독님이 책에서 만난 여러 리더들 가운데 단연 최고를 한번 꼽아주신다면요.

손 | 전 라이트 형제요. 세상이 바뀔 것이라는 믿음이야말로 리더의 가장 핵심적인 세계관 아니겠어요? 모험이 성공에 이를 경우 모든 인류가 누릴 혜택까지 상상할 줄 아는 사람. 내가 있기 전보다 내가 있는 지금, 단 일 퍼센트라도 더 나은 세상을 만드는 데 제 역할을 다한 사람.

제가 처음 비행기에 탔을 적에 좌석에 앉자마자 한 말이 있어요. "와우, 라이트 형제는 가히 천재구나."

손 | 리더 가운데 천재들이 많죠. 그러나 모든 천재가 다 리더가 될 수 있는 건 아니잖아요. 빨리 가고 싶으면 혼자서 가고, 멀리 가고 싶으면 함께 가라, 저는 이 말을 자주 떠올려요. 앞으로 제가 해야 할 역할에 대한 밑그림을 그려 보여주는 것 같잖아요. 맞아요, 저의 핵심은 멀리와 함께에 있어요.

비행기 자주 타시니까요, 라이트 형제 생각도 부쩍 자주 나시겠어요. (웃음)

손 | 이제는 뭐 지겹게 타니까 그런 생각은 안 하는데요, 간혹 우리 아카데미 애들이 다른 지역이나 외국에 나가 숙박을 하게 될 때가 있잖아요. 그럼 제가 코치 선생님들한테 가장 먼저 준비시

키는 일이 뭐냐면요, 그 숙박 시설 주인한테 비상 탈출구부터 확보해놓으라는 거예요. 그런 다음 애들에게 직접 그 비상구를 안내하고, 위험시 그 통로로 빠져나오면 된다는 걸 인지시키라는 거예요. 거기서도 나는 기본을 찾는 거예요. 그 기본부터 찾아서 그림을 그리는 거예요. 어른으로서 아이에게 행할 기본은 안전수칙을 숙지하고 이행하는 일이잖아요.

학생으로 수학여행도 가봤고 선생으로 문학기행도 가봤는데 제가 단 한 번도 생각해보지 못한 일인 거 있죠?

손 | 사고는 언제든 일어날 수 있어요. 애들이 집을 떠났을 때 무엇이 기본이냐 하면 생존의 안위거든요. 그걸 최우선으로 체크하고 있어야 할 사람이 누구냐면 필시 감독이어야 하고요.

누가 보든 안 보든 내 기본을 지키는 일이 이렇게나 중요한 것을 새삼 또 확인하게 되네요.

손 | 기본에 충실한 사람은 나에게 집중하지, 남을 기웃대지 않아요. 그 시간에 우리 팀 선수 챙기지, 상대 팀 전술 챙기지 않는다고요. 저한테 비교는요, 남과 하는 게 아니에요. 어제의 나와 오늘의 나를 재는 거예요. 정 해보고 싶으면 내 장점과 남의 단점을 대보라는 얘기예요.

결국 경쟁은 나 자신과 하라는 그 맥락의 말씀이시군요.

손 | 제가 애들 어렸을 때 막노동일 하고 다닐 적에 십이 년 된 프라이드를 백이십만 원 주고 사서 타고 다녔거든요. 사람들이 막 썩은 차라 그랬어요. 비가 많이 올 때는 물도 새고 하던 차예요. 그런데 저는 항상 그 차가 고마웠거든요. 그 차 아니고서 누가 나 대신 비를 가려줘요. 그렇잖아요. 누가 날 들어다 앉혀서 그만큼이라도 굴러가게 해줬겠느냐고요. 제 장기가 뭐예요. 청소잖아요. (웃음) 차는 오래됐어도 트렁크며 좌석이며 할 수 있는 최선을 다해 깨끗하게 치워가며 그 프라이드 참 열심히 타고 다녔어요. “몰라서 그렇지 안 보여줘서 그렇지 돈만 빼면 내가 당신들보다 잘하는 게 훨씬 많거든.” 안 보이는 남보다 잘 보이는 나에게 집중하는 방법을 저는 그렇게 스스로 터득해갔던 것 같아요.

하필 차 이름이 프라이드인 것이 이 일화를 더 기억나게 할 것 같은데요. (웃음) 근데 저 얘기 듣다보니 감독님이 절대로 안 하고 사실 것만 같은 감정을 하나 찾은 듯해요. 뭐냐면요, 질투!

손 | 음, 가만 보니 질투는 내게 낯선 감정인 것은 맞네요. 질투라, 내가 언제 느꼈던 적이 있었지?…… 음, 백석 농부는 질투를 받아도 만석 농부는 존경을 받는다잖아요. 나에 비해 저 사람이 조금

많아, 그럴 때는 질투가 발동하는데 나에 비해 저 사람이 게임도 안 되게 많아, 그럴 때는 보통 선망하는 거 아니겠어요. 이렇게 되물어보니까요, 저는 질투는 없는데 존경은 있네요. 특히 하나의 일에 평생을 바쳐오신 노인분들 만나면 머리 확 숙여지는 거죠. 그분들 말씀에 집중해보면 살아온 세월, 그 경험은요, 한 권 한 권이 다 책인 거예요. 깊이가 있는 어른은요, 존재 자체로 한 권의 책이신 거예요.

사람을 한 권의 책으로 본다고 할 때 저는 지금 감독님이라는 책을 펼치고 있는 거잖아요. 혹시 바로 저에게 펼쳐서 보여주고 싶은 감독님만의 페이지가 있을까요.

손 | 와 진짜 어려운 질문인데요. 나만의 페이지라. 어느 대목이지? 이거 큰일이네. 잠시만요. 독서 노트 펴면 힌트를 얻을 수 있긴 할 것 같긴 한데, 잠시만요…… 잠깐만요…… 아, 찾았네요. "돈으로 집을 살 수 있지만, 가정을 살 수는 없다. 침대를 살 수 있지만, 잠을 살 수는 없다. 시계를 살 수 있으나, 시간을 사지는 못한다. 돈으로 책을 살 수는 있어도, 지혜를 살 수는 없다. 지위를 살 수 있어도, 존경을 살 수는 없다. 돈으로 피를 살 수 있으나, 생명은 사지 못한다. 약은 살 수 있지만, 건강은 사지 못한다. 돈으로 성대한 장례식을 치를 수 있지만, 행복한 죽음은 살 수 없다."

피터 라이브스라는 미국 신학자의 말이라고 내가 여기 써놨네. 저도 이걸 펴보니까 기억이 나는 거지, 무슨 수로 다 외우겠어요. 저 머리 나쁘다고 시인님에게 누누이 얘기를 했건만! (웃음)

그런데 왜 갑자기 이 대목이 떠오르셨을까요? 저도 몇 줄은 들어본 적이 있는 명 구절이긴 해서요.

손 | 인생에 있어 제가 핵심이라 생각하는 단어들이 대거 여기 들어가 있잖아요. 돈, 집, 가정, 잠, 시간, 책, 지혜, 존경, 생명, 건강, 행복, 죽음. 게다가 대구가 딱딱 맞잖아요. 타격감 있잖아요. "돈으로 책을 살 수는 있어도, 지혜를 살 수는 없다. 지위를 살 수는 있어도, 존경을 할 수는 없다." 리더에 대한 얘기를 우리가 줄곧 하고 있었잖아요. 누군가 리더가 어떤 사람이냐 물으면 전 저 구절 안에서 답 찾아서 말해줄 것 같거든요. 리더란 지혜가 있어서 존경을 받을 만한 사람이다, 이렇게 한 줄 요약이 가능해지잖아요?

'손웅정의 독서법'이란 요령을 손에 하나 쥔 느낌이 드는데요. 앞서 말씀하신 것처럼 책을 많이 읽는 것이 우선 조건이겠지만 말이에요.

손 | 제가 그중에서도 역사책을 많이 봤다고 자주 말씀드렸을 거

예요. 한국사는 기본으로 하되 격변기 사회상을 엿볼 수 있는 책들이라든가 미시적으로 파독 광부들이나 간호사들에 관한 얘기까지도 제 도서 목록에는 있었어요. 물론 독일살이에 대한 영향도 미쳤겠고요. 우리가 왜 역사를 보아야 하는가. 제가 자녀 교육에 관한 탈출구를 찾아 책을 찾다보니까요, 일제강점기 때까지 타고 올라가더라고요. 깊이 보면 멀리 보게 된다는 말이 그런 뜻이려나요. 책은 정말 끝이 없구나. 평생이겠구나. 그래서 지루할 틈이 없겠구나. 민감하게 적극적으로 역사 공부를 하다보니까요, 성찰하지 않고 앞만 보고 빨리 달리면 분명 한계도 그만큼 빨리 오겠더라고요. 그쵸. 누구에게나 한계는 있잖아요. 겸허는 그 자신의 한계를 아는 거고, 겸손은 그 자신을 낮추는 거고.

한계를 모른다면 겸허와 겸손도 모를 테니 한계의 직시에서 오는 절망도 인생에 있어서 반드시 필요한 과정이겠네요, 감독님.

손 | 시인님 요약도 참 잘하시네요. 절망도 딱 끌어내시고. 손자가 그랬잖아요. "병사들을 사지에 배치하여 절망한 상태에서 치열하게 싸우게 하라"고요. "아예 병사들을 낭떠러지 끝에 몰아넣으라"고요. 리더는 그런 사람 아니겠어요? 물은 배를 띄울 수 있지만, 물은 배를 뒤엎을 수도 있어요. 리더는 그래서 정말 많이 공부해야 해요. 유능한 리더들 곁에 큰 서재가 있다는 말. 그래서

제가 강연장에서 성공의 비결이 뭐냐고 묻는 말에 늘 같은 대답을 하는 거예요. 책, 책 보시면 답이 거기 다 나와 있다고요. 책을 몸에 새기듯 읽으시라고요. 유대인들은 책과 돈이 동시에 바닥에 떨어졌을 때 책부터 집어든다잖아요.

제가 왜 감독님 앞에 앉아 있는지 이게 얼마나 큰 행운인지 저 퍼뜩 또 깨닫고 있네요. 이런 책 얘기를 누가 하느냐, 그게 정말 관건이겠구나 싶고요.

손 | 이렇게나 바쁜데, 할일이 많은데, 책 읽는 시간이 어디 있냐고요? 나만 바쁘겠어요. 우리 모두 다 바쁘지. 그렇다면 책 읽는 시간을 의도적으로 만들어내야만 하는 거예요. 내가 성장할 수 있는 유일한 기회인데 부러 시간을 내야 하는 건 당연한 이치 아니겠어요? 전 춘천에 있다가 일주일에 이삼 일은 꼭 서울에 와요. 그 시간만큼은 내가 책에 온전하게 할애를 해요. 운동하고 독서, 딱 그것만 하고 다시 춘천에 가잖아요. 그러면 축구장에서 한 오 일 미친듯이 뛰어도 불안하지가 않아요. 책으로 충전이 다 된 것만 같은 거예요.

충전이라는 단어가 이렇게 움직성이 큰 건강한 단어로 들릴 줄은 미처 몰랐네요.

손 | 지식을 얻고자 한다면 하루하루 무언가를 더하고, 지혜를 얻고자 한다면 하루하루 무언가를 버리라고 그랬어요. 지식은 내가 무엇을 배우느냐에 목적이 있고, 지혜는 어떻게 대처하느냐에 관점이 있잖아요. 지식이나 지혜가 더해질 때 내가 얻는 게 많아 보이지만 이 가운데 버려야 할 것을 안다는 것은 내가 집중해야 할 것이 무엇인지를 정확히 안다는 얘기도 되거든요. 최고의 음식이 소식인 것처럼요. 효율을 따진다는 건 더 적게, 더 좋게, 그런 거 아니겠어요? 가장 적게, 하지만 가장 좋게. 수련의 최고 단계는 그리하여 단순함으로! 그래서 제가 이소룡을 좋아해요.

엥? 이소룡이요? 갑자기요?

손 | 당시에 정말 대단했죠. 저도 체형이 이렇게 막 부한 근육이 아니고 날렵하게 기름기가 쫙 빠진 스타일인데 이소룡이 그랬잖아요. (웃음) 다행이다. 이소룡도 아시고. 그렇죠, '절권도'. 날렵한 몸에 예민함에 날카로움에 제가 무술에는 관심이 별로 없었는데도 이소룡한테는 관심이 있었어요. 저 진짜 무술에 대해서는 하나도 몰라요. 다만 겉보기에 단련한 모습에서 딱 필요한 것만 갖췄다 싶으니까 아 저게 절도구나, 보는 즉시 그냥 알아버린 거예요, 잘 벼린 느낌을 딱 주잖아요.

듣다보니 절도 또한 리더의 덕목에 딱 들어맞는데요.

손 | 축구가 왜 힘들겠냐. 애들한테 묻거든요. 뇌에서 가장 먼 발로 하잖아. 그러면 애들이 끄덕해요. 맞잖아요. 뇌에서 가장 먼 발로 하는 게 축구잖아요. 그렇기 때문에 공을 한 번 찬 놈보다는 열 번 찬 놈이 낫고, 열 번 찬 놈보다는 백 번 찬 놈이 낫고, 백 번 찬 놈보다는 천 번 찬 놈이 낫다고 하는 거예요. 반복하는 훈련만이 답이다, 그러는 거예요. 아까도 말했지만, 빨리 가고 싶으면 혼자 가면 되고요, 멀리 가고 싶으면 같이 가야 한다 했잖아요. 저는 리더가 그 멀리의 통찰력과 그 같이의 통솔력을 양손에 쥔 사람이어야 한다고 보거든요. 리더는 사실 교육만으로는 안 되는 것 같고, 잠재적으로 그런 능력을 갖고 태어나는 사람이 할 수 있는 일종의 업 같아요. 순간적인 판단력이라든지, 마음가짐의 올곧음이라든지, 섬김과 베풂의 넉넉함이라든지. 하여간에 리더는요, 조직원들이 싼 똥을 치울 줄 아는 사람이어야 해요. 누가 잘못을 했든지 간에, 누구의 잘잘못을 가리기 전에, 일단 냄새나는 걸 치워서 조직원들의 공기부터 쾌적하게 하는 사람. 뭐니뭐니 해도 리더는 이런 모든 부담을 짊어진 책임감을 아는 사람이어야 할 거예요.

감독님께는 말씀을 드렸지만 저희 아빠가 쓰러져 지금 누워계시잖아요. 그래서 대소변을 다 받아내다보니요, 다른 사람의 똥을 치운다는 게, 진짜 보통 일이 아니더라고요.

손 | 그거 정말로 힘든 일이에요. 아무나 못하는 일이에요. 그래서 똥은 리더가 나서서 치워야 한다는 거예요. 그리고 손은 항상 빡빡 씻기. 저는 그냥 손 씻는 거 하나는 아주 강박적으로 하거든요. (웃음)

감독님이 평소에 경계하는 태도라면요. 이쯤에서 난 진짜 이것만큼은 하면 죽는다, 하는 마음으로 스스로를 살피는 부분이 있다면 그 얘기도 좀 듣고 싶네요.

손 | 아는 척을 하는가. 잘난 척을 하는가. 자랑을 하는가. 변명을 하는가. 이렇게 시인님과 마주앉아 얘기를 나누고 있지만요, 돌아가서 자기 전에 나눈 대화를 차분히 떠올려보거든요. 그러면서 후회도 하고, 반성도 하고…… 그러나 거짓말은 더 나쁜 거잖아요. 솔직한 태도는 유지하면서 드릴 수 있는 말씀에 메시지는 확실히 담는 차원에서 나의 정도를 계속 가늠해보는 것 같아요. 그리고 저와 함께 일하시는 분들에게 평소에 많이 물어요. 보이면 그거 가감 없이 말해달라고요.

말해주신 분이 계시던가요?

손 | 글쎄요. 크게 지적당한 건 없었던 것 같은데…… 아무래도 저랑 있으면 알아서 서로들 조심하게 되는 부분도 분명 있을 거예요. 제가 특히 말에는 더더욱 예민한 데가 있어서요. 제가 시인님하고 나누는 하루치 얘기가 우리 아카데미 식구들하고 일 년치 나누는 것보다 어쩌면 더 많을걸요.

저 부담이 너무 커지면서 책임이 막중해지면서 눈물 터질 것 같은데 어쩌죠.

손 | 그럼 우세요. 우셔야지 어떡해. (웃음)

코치

"세상이 나빠지는 건
공부 안 하는 사람들이
지도자 노릇을 해서예요."

"잃은 것에 태연하고
얻은 것에 무심하라."

—**백결 선생**

손축구아카데미에는 어떻게 입단을 할 수 있나요?

손 | 뭐 언제든지요. 초등학교 1학년에서 3학년 애들까지는 굳이 입단 테스트 안 하고요, 4학년부터는 해요. 잠재력이 없다 싶으면 아예 안 받고요. 부모한테나 애한테나 경제적으로 혹은 시간적으로 손실을 주면 안 되잖아요. 그건 그들에게 사기를 치는 거나 진배없잖아요. 사람한테는요, 양심으로 접근하는 거예요.

운동장에서 보는데 감독님은 목청이 터지시고 저는 귀청이 떨어지는 줄 알았다니까요. 아이들과 계속 볼을 차시는 와중에 어쩌면 그렇게 지시 사항을 계속 내뱉으시던지. 저 받아 적으려다가 못 참고 녹음기 켰잖아요. "빨리 줘! 우유부단하게 하지 말라고! 살피라고! 자세 읽히지 말라고! 단순하게! 짧게! 가까운 데 주라니까! 계산해!" 되게 평범한 말들인데 왜 훅 와서 꽂혔나 몰라요.

손 | 애들 못해서 소리지르는 거 아니잖아요. 애들도 그걸 안다니

까. 집중하고 생각하라는 거예요. "내가 가르치는 게 다가 아냐. 그거 플러스 네 생각이야. 머리 써. 너 혼자 축구하는 거 아냐. 네 옆에 항상 상대 수비가 와 있어. 가상의 수비 위치를 계속 바꿔가면서 그때마다 네가 어떤 플레이를 해야 하는지 머리를 쓰라고. 축구는 즉흥이야. 축구는 순간이야. 축구는 머리야." 일단 운동장 들어가면 사나워지라고 하죠. 너 그거 하기 싫으면 집에 가. 지금도 그거 거슬릴 때 엄청나게 야단을 치죠. 살펴, 살피라고! 그건 공간 정황을 빨리 인지하라는 거잖아요. 짧게, 단순하게! 그건 속도로 직결되는 거고요. 볼 가지고 지체하는 꼴을 내가 못 봐요.

잘 모르는 제 눈에도 뭔가 아이들끼리 쫀쫀하게 훅훅 연결하고 있구나 하는 느낌이 들었어요.

손 | 사실 저도 그걸 못 배웠잖아요. 지금 제가 화가 나는 게 기본기도 안 되어 있고 볼도 제대로 못 차는 애들 데리고 전술 운운하고들 해서거든요. 주입식으로 애들한테 전략 가르친들 순간순간 상황이 바뀌는데 그게 대입이 되나요? 축구에서 매순간 똑같은 상황은 발생 자체가 안 이뤄져요. 그러니까 감독이 공부해야 한다는 거예요. "상대와 부딪치면서 계속 생각하고 고민하고 성찰하라고. 실수하고 실패하고 시행착오 겪으면서 너는 실시간으로 극복하는 거야. 그게 진짜 네 것이 되는 거야." 주입식은 서커스

장에서 동물들을 가혹하게 훈련시킬 때나 쓰는 거예요. 제가 전술 훈련을 안 하는 건 상대에 따라 열리고 닫히는 공간이 매번 같을 수 없어서예요. 왜 애들을 기계로 만드냐고요.

어쨌든 축구가 좋고 아이들이 좋으니까 이렇게 열정적으로 운동장을 뛰어다니시는 걸 거란 말이죠.

손 | 저한테는 이게 여가예요. 저는 토요일, 일요일도 훈련하러 나가잖아요. 축구판에서 유소년은 돈을 제일 조금 주는 연령대예요. 막 나서서들 안 하려고 하죠. 근데 전 한다고요. 왜? 내가 좋으니까. 내가 하고 싶으니까. 돈 때문이라면 하겠어요? 저는 저 싫으면 억만금을 줘도 안 해요. 주말에 우리 애들 나오면 내 운동하다가도 딱 붙잡고 가르쳐요. 한 놈이 나와도 전 가르쳐요. 조건은 딱 하나, 인성! 고생하는 부모님 얘기 많이 하죠. 전 축구만 안 가르쳐요. 생겨먹은 됨됨이가 그 이상으로 중요하니까요. 우리 아카데미 이거 완전 손 안 대고 코 푸는 데라니까요. (웃음)

초등학생 조카라도 불러올까 했다니까요. 인성 교육에 귀가 솔깃해져서요.

손 | 그러려면 동생분 춘천으로 이사부터 오셔야 하는데 괜찮으실까? 또 무조건 입단이 가능한 게 아니라니까요, 테스트부터 받

아야 한다니까요.(웃음) 삶의 터전을 옮긴다는 게 사실 쉬운 일은 아니잖아요. 애들이 제 부모가 그렇게 고생하는 걸 알아야 하는데 아직 어리니까요, 백날 얘기해도 지금은 잘 안 들릴 거예요. 전 그래도 하고 또 해요. 훈련할 때야 제가 혹독해서 그렇지 운동 딱 끝나면 웃고 까불고 우리처럼 즐거운 데 또 없을걸요. 우리 감독 운동장 안에서는 세상에 둘도 없는 돌아이인데, 여기 나가면 또 완전히 백팔십 도로 바뀌는 사람이야. 우리 애들이 저를 그러고 알더라니까요. 저는요, 저 안 건드리고 저 존중하면 아무 문제 없거든요. 서로의 선 안 넘고 서로의 자존심만 지켜주면 되거든요. 저한테 행복은 자쾌自快예요.

아이들 모두를 공평하게 사랑하시겠지만 훈련 마치고 나서 보면 왜 좀더 눈에 들어오는 아이도 간혹 있을 수 있잖아요.

손 | 훈련 마치고 모두와 차례대로 허그를 하는데요, 특히 그날 컨디션이 좋았다 싶은 아이는 안아주면서 이러기도 해요. "너 내가 수시로 체크할 거야. 빨리 가." 그러고는 가끔 불러다 기본기 테스트를 해요. 저 같은 경우는 선수 개인마다 개별 훈련 프로그램을 다 짜요. 방법도 다 다르고 강도도 다 다르고 엄청 디테일하게요. 특히나 공격수들은 각도마다 연습을 시켜요. 내가 만들어낸 각도가 있잖아요. 골이 빨리 터지는 상황, 수비들이 뒤통수를 맞

고도 어찌할 수 없는 상황을 만들어서 연습을 시키는 거예요. 지금 중학교 1학년짜리 둘을 데리고 제가 며칠 전부터 슈팅 연습을 하고 있거든요. 걔들 아직 어리니까 힘들여 때리는 건 절대로 못하게 하고요, 기술적으로 탁탁 힘 안 들이고 빈자리에 공 갖다놓게끔은 훈련을 시키죠. 아이들 저마다 맞는 자리는 제가 알죠. 아이들 저마다의 각도는 이미 제가 계산을 끝내놨으니까요.

이런저런 이유로 팀을 옮기는 아이들도 더러 있었을 듯해요. 섭섭한 마음도 당연히 드실 것 같은데요.

손 | 있죠. 예수도 배반하는 이가 있는데 뭐 나 같은 놈이야 아주 흔하죠. 많아요. 물론 떠나보내기 전에 그런 생각은 하죠. 내가 이놈한테 할 수 있는 최선을 다한 것은 맞나. 아이의 선택이니까, 여기는 또 프로의 세계가 아니니까, 그건 어쩔 수 없어요. 부모나 애들 성향이 그러면 데리고 있어봤자 얼마 못 가요. 일찍 떠나는 게 잘하는 거예요. 우리 팀에서 나간 애들이 다른 데 가면 에이스고 주전 자리 꿰차니 걔들 입장에서도 환장하는 거지요. 코치 선생님들은 속상해하는데 전 내버려두라 하죠. 망각은 최고의 복수니까요.

망각은 최고의 복수다. 무시무시하네요.

손 | 한번 배신한 인간은 또 그럴 거라 돌아와도 난 안 받아요. 끝이에요. 나가봐야 춥구나 알죠, 만져봐야 뜨겁구나 알죠. 계약서요? 지질하게 그딴 걸 왜 써요. 만약에 정말 와서 무릎 꿇고 죽도록 빌면 그거는 제가 한번 봐줄 수 있지만, 걔들이 제 성격 아니까요, 못 오죠. 다만 조언을 구하고 상담을 원하는 애들은 얘기 많이 들어주는 편이에요. 여름에 자동차 헤드라이트에 불나방 붙듯 축구판에도 돈 가지고 장난치는 떼거지들, 왜 없겠어요. 아주 많죠. 그런 유혹에 휩쓸리지 않게 대화 많이 해가면서 나름으로는 노력하고 있어요.

축구는 머리라고 하셨지만, 축구는 몸이기도 하잖아요.

손 | 그거야 당연하죠. 볼 경합을 할 때 절대로 지지 말라고 얘기해요. 물론 그 상황까지 안 가게 만드는 것이 최고로 잘하는 축구겠지만, 혹 볼을 두고 다투게 되더라도 상대로 하여금 돌파의 여지를 절대로 줘서는 안 된다고 강조해요. 말을 좀 과장해서 해보자면, 이 싸움은 투쟁이거든요. 투쟁이란 사실 샤프한 거거든요. 샤프한 사람은 전쟁에서 힘 안 들이고 이길 수 있어요. 제가 선수 생활할 때도 체구가 작으니까 힘으로 치대는 축구가 너무 싫었거든요. 머리 터지게 계속 생각해왔죠. 좀 영리하게 할 수는 없는 걸까. 그래서 찾은 게 속도고, 디테일이었던 것 같아요.

투쟁은 샤프한 거다!

손 | 저는 어쨌든 다른 방법으로 접근을 한 건 맞아요. 지금 중학교 1학년 애들은 아직 어리니까 체력 훈련을 하나도 안 시키거든요. 모래주머니 차고, 계단 뛰어오르고, 타이어 끌고, 전 그런 거 절대 없어요. 그건 안 돼요. 제가 해봤잖아요. 그건 몰라서 그런 거예요. 무지가 시킨 거예요. 저를 가르쳤던 옛날 지도자들을 그래서 한 번씩 돌아본다고요. 그분들도 그렇게 배워본 적 없었을 테니 어쩔 수 없는 답습을 뭐라 할 수는 없지만, 일단 저는 바꿀 마음을 먹었잖아요. 그들에 저를 대입해봤잖아요. 공부의 방법을 찾았잖아요. 저는요, 가장 싫은 게 정신 훈련 극기 강화, 이런 말이에요. 역사를 뒤로 돌리는 인간들이 아직도 왜 이렇게 많은 건지. '승전후구전勝戰後求戰'. "승리하는 군사는 먼저 이겨놓고 싸우고, 패하는 군사는 싸움을 걸어놓고 뒤에 이기려 든다" 했어요. 제가 가진 손무의 『손자병법』에 밑줄 엄청 그어져 있어요.

정신력이 해이하다, 그런 걸 지적하는 뉴스를 저도 흔하게 봐온 참이라서요.

손 | 그건 어디까지나 개인 성향이에요. 축구에 안 미쳐서 그런 거예요. 축구에 덜 미쳐서 그런 거예요. 정신력 운운할 필요가 뭐

있어요. 미치지 않았으니까 못 미치는 거지. '불광불급不狂不及', 미치지 않으면 못 이루는 거예요. 그건 절대적인 거예요. 축구는요, 특히 지도자는요, 그냥 하는 사람이 아니라 진짜로 '이해'를 아는, 제대로 미친 사람이 해야 하는 게 맞아요. 지도자로서의 역량은 잘 모르겠지만 저는 볼에 미친놈은 맞죠. 저 미친 거야 저도 알고, 시인님도 알고, 둘이나 아는 참인데, 미쳤나 하는 김에 제가 옛날부터 바라던 꿈 하나 말해드릴까요? 저는 일선에서 손 놓고 나면 볼보이 있잖아요, 그거 꼭 해보려고요. 쉬어 꼬부라져서라도 그럼 계속 운동장에 있을 수 있잖아요. 물론 젊은 코치들이나 아이들한테 민폐라고 느끼면 자리 딱 내주고 떠나야죠. 저요? 축구 아니어도 물러나서 할 거 많은걸요. 책 읽어야죠, 독서 노트 써야죠, 음악도 들어야죠, 영어 공부도 해야죠, 또…… 하여간에 말예요.

심심할 새가 없다는 거, 심심함을 모른다는 거, 나이가 들어갈수록 그거 되게 유리한 조건이 아닐까 하는데요.

손 | 우리는 태어날 때도 혼자고, 죽을 때도 혼자잖아요. 외로움을 극복하지 못하면 불쌍하게 늙어요. 나 스스로 외로움을 친구로 삼을 줄 알아야 돼요. 그렇잖아요. 나 외롭다고 여기저기 전화하면 좋아할 사람 아무도 없다고요. 아니 다 늙어서 자식들에게

왜 그렇게 전화들을 하는 거예요? 젊은 세대들 먹고살기 바쁜데 부모들 늙어 외롭다고 매일같이 전화해대면 자식들이 그거 좋아하겠냐고요. 공연히 전화하지 말아야 해요. 자기 삶을 스스로 추스르면서 살 수 있어야 해요.

물러날 때가 언제인지 알고 돌아서는 사람이 그래서 진정한 어른이라는 걸 거예요, 아마도요.

손 | 그게 지혜라고 할 적에 제가 그걸 어디서 배웠겠어요? 책이지. 공부 안 하면 과거의 나쁜 역사로 이십 년 삼십 년 돌아가는 거, 그거 순식간이에요. 세상이 나빠지는 건 공부 안 하는 사람들이 지도자 노릇을 해서예요. 공부하지 않으면 다음도 없고 내일도 없어요. 힘든 걸 미루고 편한 데 안주하면 그건 죽은 거예요. 아버지로 자식들 다 키워놓고, 지도자로 팀 한 번 키워보고, 늙어 볼보이를 한다 할 적에, 나 그거 얼마나 떳떳해요. 마음 가뿐해, 건강 챙겨, 재능 기부도 돼, 꿩 먹고 알 먹고 둥지 털어서 불까지 때는 일석삼조 아니겠어요. 저로서는 엄청난 긍정이에요. 지금도 주말에 선생님들 수업하고 있으면 저 뛰어다니면서 축구공 망에 담곤 하거든요. 제가 생각해도 참 지랄맞긴 한데, 저는 또 그런 게 또 재미가 있단 말이죠. 경기 끝난 운동장에서야 감독 코치가 어딨어요. 누구든 손이 빈 사람이 하면 되지.

가만 보면 감독님 참 지랄이란 단어 좋아하세요. (웃음) 저도 입에 달고 사는 말이긴 하거든요.

손 | 그거 나쁜 말 아니잖아요. 속된 말이라고는 해도 법석을 떨어대는 마음의 상태를 그것만큼 정확히 표현하는 단어가 없더라고요. 보니까 시인님도 그 표현 자주 쓰시대. (웃음) 축구장은 달리 말해 속도장이에요. 여긴 싸움터지 놀이터가 아니에요. 저는 축구할 때 패스를 엄청난 속도로 빨리 돌리거든요. 누가 더 빠르고 누가 더 섬세한가, 축구는 정말 이 싸움 같거든요. 내가 우리 애들한테 패스를 엄청 빠른 속도로 주문한다고 했잖아요, 볼 못 잡게. 만약에 드리블을 막 하면 저한테 혼쭐나요. 흥민이도 보면 볼을 아주 간결하게 처리하잖아요. 축구에서 최고 잘하는 게 저는 단순하게 차는 거라고 봐요.

설명 듣고 보니 다시 드리블로 가보지 않을 수가 없네요.

손 | 드리블을 묘기로 아는 거, 그게 욕심이라는 거예요. 그런 데서 애들 다 망가뜨리는 거라고요. 부모들이 거기에 다 녹는 거라고요. 드리블 구사하면 아이가 무지 잘하는 줄 아는 거예요. 저는요, 볼 가지고 질질 끄는 놈들 보면 혀 끌끌 차요. 애들을 찐으로 가르쳐야지요. 저는 급할 때 볼 소유할 수 있을 정도로만 드리

블을 짧게 가르쳐요. 어떻게 보면 사람들이 드리블이라는 개념 자체를 잘못 이해하고 있는 것 같거든요. 드리블이 뭐냐. 드리블은 여기에서 여기로 볼을 운반하는 거, 그거지, 사람 젖혀가며 온갖 지랄하는 거, 그거 드리블 아니에요. "야, 지랄하지 말고 빨리 줘." 그게 내 축구예요. 내가 드리블한답시고 혼자 볼 가지고 많이 움직이면 그사이 상대 수비 다 채워져, 내 체력 소모 금방 와, 상대편 선수 달려들어 부상 위험 높아져. 볼 가지고 오래 있어봤자 좋을 거 하나 없어요. 나한테 볼이 오면요, 그 즉시 바로 떠나보내야 해요. 볼은 구십 분 동안 수백 킬로 뛰어도 하나도 힘 안 들지만, 사람은 힘들어 죽어요. 방법은 나 대신 볼을 뛰게 하면 되는 거예요.

나 대신 볼을 뛰게 한다? 와우, 이 말씀은 완전 한 줄 시인데요, 감독님.

손 | 아니 그게 무슨 시가 돼요. 시나 되나 참 시인님도. 정확하게 상황 설명만 딱 한 건데요. (웃음) 내 기술이 좋으면 볼을 뛰게 할 수 있잖아요. 그만큼 내가 조금 덜 뛰어도 된다는 얘기잖아요. 삼류는 내 능력을 사용해서 사는 사람이고, 이류는 남의 힘을 이용해서 사는 사람이고, 일류는 다른 사람의 능력을 사용해서 사는 사람이라잖아요. 계속 삼류로 살 거냐고요. 제가 삼류 선수로 뛰

어봤잖아요. 기술이 좋고 영리하고 기본기가 잘되어 있으면 그만큼 덜 뛰어도 돼요. 왜 미련하게 모든 걸 체력으로 접근하냐고요. 왜 한계가 불 보듯 뻔한 육체적인 걸 가지고 접근하냐고요. 몸이 아니라 볼로 접근하면 훨씬 영리하게 한계를 뛰어넘을 수 있어요. 그러면 우리 애들은 휘파람 불면서 축구할 수 있어요. 아주 안 뛸 수는 없지만 효율성이 높아질 수 있어요.

감독님이 꿈꾸는 축구팀은 컬러풀할까요. 아니면 무채색일까요. 이렇게 단순 정의로는 말할 수 없는 게 또한 축구겠지만, 잘 모르니까 또 툭 던져보게도 되네요.

손 | 초등학교 3학년 때부터 해오던 애들이 열한 명 이상 되고, 걔들이 딱 열여덟 됐을 때는요, 내가 생각하는 축구, 그간 한국에서 볼 수 없는 축구 색깔을 한 구십 퍼센트는 내지 않겠나 해요. 중학생이 되는 이 년 후에 많으면 한 육십 퍼센트? 여기에 한 두세 명 실력 좋은 아이들이 영입되면 좋겠지만 기본기 잘 다져져 있는 아이들 찾기가 힘드니까요. 이기고 지고를 떠나서 플레이 자체를 애들은 좀 다르게 하네, 그런 소리를 듣고 싶어요. 물론 경기에서 이기면 좋기야 하겠지만, 저는 일단 경기력을 따지는 거예요. 경기력이 우세해도 패할 수 있어요. 열 골 먹어도 돼요. 왜? 제 목표는 지금 열 골 먹고, 스무 골 먹어도, 후에 열다섯 골로 줄

이고, 열 골로 줄이고, 다섯 골로 줄이고, 두 골로 줄이고, 한 골로 줄여가며, 제가 원하는 축구에 색을 한번 칠해보겠다는 거니까요. 평생의 꿈이라면 그거 하나예요. 저는 이기기 위한 뻥 축구는 절대로 안 해요. 예의가 살아 있는 축구를 하고 싶은 거예요. 전 다 제쳐두더라도 이 표현을 꼭 한번 듣고 싶은 거예요. "야, 참 아름답게 축구한다."

선수로 뛰던 시절에 감독님이 지금의 감독님 같은 지도자를 만났다면 어땠을까요.

손 | 감독이 노력할수록 선수는 성장해요. 감독이 공부할수록 선수는 성공하고요. 혜성은 없어요. 제가 단순히 흥민이 코치이기만 했다면 생색내는 것 같아서 말 안 꺼냈겠지만, 어쨌든 제가 걔 부모니까 그 입장에서 감히 말씀을 드리자면요, 그놈이 타고난 재능도 있고 운도 따르는 것도 맞지만요, 걔 가르친 거는요, 가히 상상을 초월해요. 흥민이는요, 기존 한국에서는 생각할 수 없었던 프로그램을 가지고 접근한 거예요. 지금도 제가 필요한 애들 하나하나 다 수작업을 해요. 이거 흥민이 가르칠 때도 하루 칠팔백 개씩도 던졌어요. 겨울에 장갑 여기저기 다 터져나가는 줄도 모르고 했다니까요.

칠팔백 개요? 겸손하게 말씀하시는 감독님이니까 족히 천 개는 되었다고 봐야겠네요. 수작업에서의 그 손수라는 게요, 손의 수라는 게요……

손 | 일등은 판을 지키는 사람이라 했고, 일류는 새 판을 짜는 사람이라 그랬어요. 저 어렸을 적에 이거 잘못된 시스템이 아닌가, 내심 의심했던 축구판에도 조금씩 변화가 오는 것 같은데요, 아직도 과도기라 할 수 있죠. 보통 우리 축구가 경기에서 지면 분석들 거의 빤했다고요. "너희가 오래 못 뛰어서 진 거야. 너희가 많이 안 뛰어서 진 거라고." 전 그렇게 안 들어가요. "너희가 진 거 아냐. 볼이 진 거야."

아이들 보면 시합 전에 로커룸에서 초조하고 긴장된 얼굴로 경기가 시작되길 기다리잖아요. 그때 감독님은 보통 어떤 얘기를 해주시나요.

손 | "잘 들어, 나 세 가지만 얘기할 거야. 첫째는 투쟁심이야. 축구는 양복 입고 치마 두르고 하는 거 아니야. 싸움할 의지가 없는 녀석은 가차없이 빼버릴 거야. 둘째는 자신감이야. 너희에게 실수는 없어. 경험만 있어. 이 경험이 쌓이고 쌓일수록 너희들 크게 성장해. 셋째는 판단력이야. 상황 파악을 빨리빨리 하라고. 많이 보는 만큼 옵션도 많이 생겨. 너희들이 보던 축구와 다른 거

해야 해."

아이들 이 얘기 다 흡수하다가 경기 시작 전부터 진이 다 빠지겠는데요.

손 | 그럴지도 모르지만 그건 애들 몫이고, 이건 제 몫이니까요. 각자 자기 몫들에 충실하면 되니까요. (웃음) 저는 늘 아이들을 직접 가르치고 싶었어요. 내가 가장 나다운 역할을 할 수 있는 공간이 운동장이라고 믿어왔고요. 저는 흥민이를 통해서 제가 아이들 가르치며 축구할 때 가장 행복한 사람인 걸 확인했잖아요. 이 행복이야말로 저의 절대 가치 아니겠어요. 제 발아래에 축구공이 있다는 거, 그 생각만 해도 제 열정은 폭발해요.

어쨌든 행복도 내가 꿈을 향해 뭔가 시도를 해야 가질 수 있고 누릴 수 있는 감정인 거잖아요. 한다, 그 한다라는 거요.

손 | 그게 용기죠. 사전에는 다른 풀이겠지만 제가 내린 정의는 그래요. 용기란 아무것도 할 수 없을 때 일단 앞으로 가고 보는 거, 그거요. 지금 우리들 중에 사면초가에 놓이지 않은 사람이 어디 있겠어요. 그건 다 마찬가지 아니겠어요? 용기 있는 사람은요, 일단 가기부터 해요. 그리고 용기 있는 놈한테는요, 길이 생겨요.

부모

"높은 나무 위에서
내려다보듯 거리를 두고
지켜보는 일이 아닌가 하고요."

"당신이 나를
더 좋은 사람이
되고 싶게 했어요."

—영화 〈이보다 더 좋을 순 없다〉 중에서

전에는 입출국하실 적에 공항에서든 손흥민 선수와 함께 계시는 모습이 간혹 포착되기도 했던 것 같은데 어느 순간 감독님, 통 안 보이시더라고요.

손 | 그거 당연한 거 아니겠어요? 왜냐면 같이 안 나가고 안 들어오니까요.(웃음) 흥민이 이십대 중후반 지나고 나서부터 제가 그랬어요. 앞으로 네 나이만큼 나는 너에게서 멀어질 거라고요. 부모의 역할이라 하면 자식을 높은 나무 위에서 내려다보듯 거리를 두고 지켜보는 일이 아닌가 하고요. 품안의 자식이라고, 어차피 내 품에서 내보낼 거, 자식이 나이 한 살 먹을 때마다 나도 그만큼 물러나보려는 거지요. 그거 실천하고 사는 사람 쉽지는 않겠지만, 그래도 노력은 마땅히 해보려 하는 사람이 부모 같아서요.

살면서 맞닥뜨리게 되는 온갖 고민거리를 저는 아주 어릴 때부터 부모보다는 친구에게 의지해왔던 편이거든요. 그 반대의 사람들도 물론 있겠지만요.

손 | 자식이 서른을 넘잖아요. 그 나이대가 아버지한테 시시콜콜 조언을 구할 수 있는 여지가 다분히 있는 때인가 하면 전 또 아니라고 보거든요. 그럴 필요도 없다고 보고, 또 너무 그래서도 문제다 싶고요. 인생은 고난이잖아요. 일상은 문제 해결의 연속이잖아요. 그게 살아 있음의 증거잖아요. 그래서 우리가 미리미리 책을 읽어두면 좋을 것이, 작가들한테 빌린 지혜가 쌓여 있을수록 그때그때 융통하기가 얼마나 좋아요. 또 눈 흘기신다, 시인님. 저더러 책 읽으라는 당연한 말만 앵무새처럼 반복한다고 뭐라 하실 수 있겠지만, 보세요. 제가 거기 기대 그렇게 살아왔잖아요. 그것을 아니라고 부정할 수는 없잖아요.

일상은 문제 해결의 연속이라고 하셨잖아요. 짐작했던 문제도 있는 반면에, 전혀 예측할 수 없던 문제도 속출하는 것이 우리네 인생이잖아요.

손 | 간단해요. 그 순간 나는 내 가치를 어디에 뒀지? 하고 묻는 거예요. 내가 지금 돈을 잃게 생겼어. 그런데 나는 내 가치를 건강에 뒀어. 그러면 그 순간 뭔가 좀 심플해지지 않나요? 내가 지금 친구를 잃게 생겼어. 그런데 나는 내 가치를 축구에 뒀어. 봐요. 그 순간 뭔가 아주 선명해진다니까요. 누가 저한테 와서 이

문제 때문에 고민이야, 하고 서두를 꺼내잖아요? 그때 제 물음은 쏜살같이 튀어나갈 거라고요. "그래서 너는 네 가치를 어디에 두었는데?"

저는 제 가치를 어디에 두고 있을까요. 갑자기 이 질문이 왜 저한테는 숙제처럼 무거울까요. 평소에 생각을 안 하고 산 게 이렇게 티가 나네요. (웃음) 간혹 손흥민 선수도 감독님에게 조언을 구할 때가 있겠지요?

손 | 네, 간혹 물어올 때가 있지요. 전 긴말 안 해요. 제가 사안마다 정답을 다 아는 것도 아니고, 또 아는 척 그런 건방을 떨어서도 안 되는 걸 거고요. 물론 떤다고 해서 떨어지는 게 건방인가 싶으면, 그것도 아무나 할 수 있는 일은 아니다 싶고요. 어쨌든 저한테 뭔가를 물어온다는 건 제가 도움을 줄 수 있는 사람이라는 아이의 판단에 따른 거니까요, 저 역시 고심을 하죠. 보면 늘 간단하게 주는 것 같아요, 힌트를.

힌트요?

손 | 네. 힌트요. 지금껏 저는 판단과 결정의 옵션을 함축해서, 그러니까 아주 단순화시켜서 줘버릇해왔던 것 같아요. 그리고 조금 더 디테일하게 물어온다 하면 거기에 맞게 또 던져주고요. 언

제까지나 물고기를 잡아줄 수는 없잖아요. 물고기 잡는 방법을 다 가르쳐주고 나면, 최소한 물고기 사냥에 한해서는, 자식이 부모를 찾을 일이 없을 거 아니에요. 그렇게 부모로부터 자식이, 또 자식에게서 부모가, 평생을 두고 멀어져 가는 게 인간사의 순리이며 정도라면 우리는 그 길을 제법 잘 걷고 있는 것이 아닌가 해요. 간혹 흥민이가 어떤 질문을 해올 때 보면요, 어느 정도 답을 알고 있다는 게 느껴지기도 하거든요. 아직은 불안하니까 저한테 확인차 묻는 것일 수도 있을 텐데요, 그러니까 그게 더 어떤 신뢰의 태도 같기도 한 거예요. 나중에 선수 생활 끝내고 얘도 자기 가정 책임지며 살아야 할 거잖아요. 사람은 다 제 생각만큼 살아가니까요. 많은 생각이 정말 좋은 생각을 낳을 거니까요.

맞다, 선수의 결혼. 보통 보면 운동선수는 결혼을 일찍 하는 게 좋다, 가정이 안정된 상태에서 운동에 매진하는 것이 경기력 향상에 훨씬 효과적이다, 의견들이 많잖아요.

손 | 한번은 묻더라고요. 결혼을 꼭 해야 하냐고. 그래서 제가 그랬죠. 그건 네가 알아서 할 문제라고요. 결혼을 해도 되고 안 해도 되는데 나라면 굳이 안 할 것도 같다고요. 왜냐면 저는 선수로 아쉬움이 많잖아요. 다시 태어난다면 진짜 축구 딱 하나에만 미쳐서 살다 가고 싶은 마음이 또 있으니까요. 그런데 운동선수가

결혼을 일찍 해야 좋다는 게 어디 국민교육헌장에 나와 있길 해요, 헌법에 적시되어 있길 해요.(웃음) 선수마다 자라온 환경도 다르고 성향도 다르니까 그건 각자가 다 알아서 하고 살 일인데, 저 같은 경우는 어려서부터 걔를 직접 가르쳤잖아요. 그러다보니 제가 흥민이 뒤에서 애 인생 갖고 이래라저래라 사사건건 개입하는 줄로 오해하는 분들도 계시는가보더라고요. 흥민이도 다 큰 어른인데 그게 될 수도 없는 노릇이고요. 왜 흔히들 버팀목이라고 하죠. 애 뒤에 우직한 나무처럼, 저는 그렇게 있어주고 싶은 거죠.

저한테 나무라 함은요, 말을 못 한다기보다 말을 온몸으로 참고 있는 인고나 견고의 상징이긴 하거든요. 다른 건 몰라도 그 버팀목이라는 단어는 감독님과 정말 잘 어울리시긴 하는 듯해요. 그런데 워낙에 다혈질이시고 급하시니까요, 그 말을 참는 게 얼마나 어려우실까 싶기도 하고요.(웃음)

손 | 저는 흥민이더러 늘 주변 사람들에게 잘하라고 얘기해요. 나 말고 나한테 가장 중요한 사람들이라 하면 내 가장 가까이에 있는 사람들이 아니겠어요? 그들을 항상 존중하고 배려하는 것을 잊으면 안 된다고 하죠. 그런 의미에서 아무나 가까이에 두지 말라고도 하고요. 그리고 무엇보다 겸손해야 한다는 거, 그거는 뭐

끝도 없이 강조하죠. 황금알을 낳는 거위 배를 인간이 왜 가르겠어요. 먹잇감 입에 물고 가던 개가 다리 위에서 그 큰 걸 왜 놓치겠냐고요. 뭘 좀 잘한다고 주변에서들 치켜세우면 허세에 절어서는, 허풍에 빠져서는, 어느 순간 제 분수도 모르고, 분별력도 잃고, 자제력도 다 상실하잖아요. 욕심이라는 게 그렇게나 무서운 거예요.

그리고 또요.

손 | 늘 하는 얘기가 있긴 해요. "지금껏 열심히 축구하지 않았냐. 그러니 네 축구 인생의 후반기에는 연봉이 없더라도 네가 한번 살아보고 싶은 도시, 공 한번 차보고 싶은 구단으로 가서 마지막으로 뛰고 은퇴하는 거 보고 싶은 게 내 생각이다."

감독님도 사람이니까 실수라는 걸 분명 하실 거 아니에요. 아닌가. 절대 실수를 범하지 않을 분이신가. 모르겠다. (웃음) 그런데 지금까지의 대화로 보자면 그 지점이 어느 맥락일까 궁금해지기도 하거든요.

손 | 시인님이 실수라고 하셨는데 저는 그 단어가 왜 후회로 들리는지 모르겠어요. 음, 중학교 때 고등학교 때 축구만 열심히 했지, 거기에 생각이란 걸 더하지 못한 거? 그때만 해도 생각에 대

해 온전히 이해하지 못할 때니까요. 지금 주신 질문에 대한 답은 못 되겠지만 독서를 조금만 더 일찍 시작했더라면 뭔가 세상을 바라보는 관점도 달라졌을 거고, 도전이라든가 시도라는 말에 굴하지도 않았을 것 같고……

실수라는 질문 하나를 던졌을 뿐인데 무슨 인생 고해를 다 하셔요. (웃음) 감독님은 실수 없으셨고, 실수 못 하는 사람으로 제가 이쯤에서 결론 내릴래요.

손 | 이것도 다 책이 가르쳐준 거 아니겠어요? 시인님의 질문에 어떻게든 진정성을 다해 답해보고자 하는 마음. 이게 존중과 배려라면 저 그거 책이 가르쳐준 거 맞을 거예요. 아니 책한테 배웠으니까 배웠다고 하지 제가 억지로 갖다 붙이기야 하겠어요? (웃음) 우리 애들이요? 저처럼은 안 읽죠. 그래도 보고 자란 게 있으니까 책의 중요성은 안다 싶어요. 아버지가 이렇게까지 끼고 보는 데는 분명한 이유가 있다, 인정은 해주는 분위기로 알아요.

그렇다면 최소한 감독님의 입에서는 이런 말이 절대로 안 나오겠네요. 왜 부모들의 단골 레퍼토리 중에 있잖아요. "내가 널 어떻게 키웠는데" 하는 그거요.

손 | 그 말 나오면 그건 그냥 끝난 거예요. 자식이 잘되면 그 자식

행여 보은 잊을까 공치사 늘어놓고, 자식이 속을 썩이면 그 자식 그냥 하숙생 취급이면 그만일 걸 거기다가 "내가 널 어떻게 키웠는데" 분풀이해대고. "그럴 거면 왜 나를 낳았냐, 내가 언제 낳아 달라고 했냐" 막말로 자식이 그렇게 반문해오면 어쩔 거냐고요. 부모 말문 딱 막히게 그래버리면 뭐라 변명을 할 거냐고요. 강연 중에 어떤 한 분이 제 이런 얘기를 들으시더니 자식을 키우면서 어떻게 그렇게 너는 너, 나는 나, 냉정하게 갈라칠 수가 있냐, 그러시는 거예요. 아니 그 당연한 게 대체 왜 안 되시는 거냐고, 저는 또 그게 이해가 안 된다며 모두가 한바탕 웃고……

근데 감독님, 저는 그분 말씀이 십분 이해가 되거든요.

손 | 애들 어릴 때는 천 가지 만 가지 장난감 사주는 것보다 보듬어 안고 시간을 같이 보내주는 게 부모가 할 수 있는 최고의 육아법 같다고 제가 전에도 한번 말씀을 드린 기억이 나는데요, 오늘은 공교롭게도 자식과 부모 간의 거리 두기에 대한 생각을 계속 말씀드리게 되네요. 애 어릴 때는 그렇고요, 청소년기에는 지켜봐줘야죠. 지켜본다는 건 주의를 기울여 살핀다는 얘긴데, 일단은 아이한테 여지를 좀 줘야 부모가 파고들 공간도 좀 생길 거 아녜요. 아이가 토요일에 학교 다녀와서 "어디 좀 나갔다 올게" 부모한테 말한단 말이죠. 그럼 보통의 부모들이 이렇게 속사포처럼

질문을 퍼붓는단 말이죠. "어디 가? 누구 만나러 가? 왜 가는데?" 아이는요, 순수하게 부모가 나에 대한 관심으로 던진 말인지, 웬만하면 안 나갔으면 좋겠는데 막아 세우는 의중으로 던진 말인지, 바로 구분하거든요. 왜냐, 돌이켜보면 우린 안 그랬냐고요. 내가 다 알아서 하는 참인데 부모가 그렇게 코너로 몰면 되게 짜증나잖아요. (웃음) 그런데 애가 어딜 나간다 할 적에, 따져 묻기부터 하지 말고 "그래서 돈은 있니?" 하고 한번 되물어본다 했을 적에, 혹시 아이의 반응에 대해 생각해보신 적은 있냐고요.

제가 아이라면 바로 무릎 꿇었을 거예요. 이건 부모가 나를 믿고 있구나 하는 신뢰의 한 장면이잖아요.

손 | "친구 만나려면 돈 있어야지, 이 돈 갖고 가." 그러면 집 나서는 아이 발걸음이 얼마나 가볍겠어요. 부모가 나를 이렇게 믿어주니 나도 그 믿음 안에서 행동해야지, 자식은 생각을 안 하겠냐고요. 애가 나가 사고라도 칠까, 혹시라도 나쁜 애들하고 어울릴까, 하는 부모의 불안이 아이한테 고스란히 전해질 때 역반응이 나는 거예요. 비겁하면 안전할 수 있어요. 배가 항구에 묶여 있을 때 안도가 되는 것처럼요. 그런데 애 말고 내 안심만을 생각할 거냐고요. 애를 위한다고 시작한 일이 나를 위함으로 귀결이 된다면 그건 타깃이 엇나간 일이잖아요. 애들 교육은요, 저는 무조건

역지사지로 접근했어요. 나 어렸을 때 생각을 가장 먼저 하고, 제 즉흥적인 지금의 감정을 가장 뒤에 두고요.

그러니까 감독님이 누구한테 배워서, 그걸 교과서 삼아 실천한 교육법은 아니었던 거잖아요.

손 | 배우긴요. 무슨요. 제가 그랬잖아요. 저는 저 싫었던 거 남 안 시키려고 노력한다고요. 저 배고팠던 거 아니까 남 배부를 수 있는 그거에 애쓴다고요. 전 아주 단순하게 역지사지, 딱 그걸로만 접근했어요. 그래서 지금껏 내 자식이 나한테 뭘 해주겠지? 이 딴 마음 한 번 먹은 적이 없던 것 같아요. 그것만큼 사람 외롭게 하고 사람 슬프게 하는 게 세상천지에 또 어디 있겠어요. 지금껏 그래본 적 없지만요, 혹시라도 자식들이 저한테 노후자금을 준다 하면요, 저는 이렇게 얘기해볼 참이에요. 너 지금 그러지 말고 한 오 년만 더 생각했다가 얘기할래?

오 년이요? 일 년도 아니고 오 년이요?

손 | 그만큼 애도 나이가 들 거잖아요. 오 년의 시간만큼 생각도 더 깊어질 거잖아요. 오 년 전 부모한테 드리려던 노후자금이 내가 오 년을 더 살아보니까 생각보다 적었구나, 깨달을 수도 있잖아요. (웃음) 오 년이 지난 뒤 아이가 같은 제안을 해온다면 저도

같은 얘기를 할 참이거든요. 지금 나한테 이 돈을 줘도 상관은 없는데 오 년만 더 생각을 해보고 그때 가서 다시 얘기를 해보는 게 어때? 하고 말이죠. 돈을 떠나서 저는 이건요, 아이의 마음을 키우겠다는 얘기거든요. 물론 저는 죽어도 자식 돈 안 받을 거지만요. 내 노후는 내가 책임지는 거라 몇 번이고 말씀드렸잖아요.

자식을 위해 자기를 지우는 게 아니라, 자식을 위해 자기를 키우는 게 부모여야 한다는 말씀으로 들리는데요.

손 | 그러니까요. 왜 자식을 위한답시고 자기를 포기하냐고요. 가끔 외부에서 자게 될 때면 새벽에 짐에 가 운동을 하거든요. 마치고 나올 때쯤 거기서 일하시는 직원분들도 뵙고 그런단 말이죠. 보통 저한테 "오늘도 좋은 하루 되세요" 하고 인사를 건네시는데 그럴 때 전 뭐라고 하는 줄 아세요? "같이요"라고요. 그러면 같이 또 함께 좋아들 하시는 거예요. 같이 성장을 해야 함께 나아지는 거지, 왜 하나를 위해 하나를 지워 없애냐고요.

네, 맞아요, 같이네요.

손 | 전 홍민이 처음 독일 나갈 때도 그 같이한다는 마음뿐이었어요. 2008년에 홍민이가 우수선수 해외 유학 프로그램에 선발이 됐어요. 떠나기까지 한 달 반이 남았는데 축구협회에서 학부

모 대상으로 오리엔테이션을 하는데 이왕이면 언어를 조금이라도 해두면 좋겠다 하시고, 또 제 입장에서 생각해봐도 기본적인 인사말이라도 할 줄 알면 그 낯선 나라에 딱 내렸을 때 최소한 주눅으로 시작하지는 않지 않겠나 싶더라고요. 그래서 정말 어렵게 독일 유학생 한 분을 선생님으로 모시고 하루에 꼬박 네 시간씩 집중적으로 독일어 공부를 시켰어요. 돈이 비싸니까 저도 힘들긴 했죠. 애도 마찬가지인 게 처음에 독일어가 어려우니까 엄청 힘들어하는 거예요.

당연히 그랬겠죠. 독일어 수업만 하는 게 아니라 운동은 운동대로 병행하면서 갑자기 낯선 말을 배우게 된 거니 그 피로가 얼마나 컸겠어요.

손 | 모르긴 몰라도 엄청 졸렸을 거예요. 저도 충분히 이해는 하는데 시간은 없고 버텨야지 달리 방도가 없잖아요. 그래서 어떻게 했냐면 흥민이 수업받는 동안 걔 뒤에 일단 제가 앉아 있기 시작했어요. 저요? 에이 그렇게 듣는다고 해서 내 공부가 아닌데 어떻게 제 독일어가 늘겠어요. 저는 오로지 흥민이 졸린 것에만 온 신경이 곤두섰지요. 제가 두 눈 부릅뜨고 뒤에서 보고 있는데도 갑자기 깜빡, 하고 애가 졸아요. 그럼 제가 또 발로 툭 치고. 그때는 그렇게 둘이 한 공간에서 같은 시간을 보낸 것이 무슨 별일이

나 될까 싶었는데 시간이 한참 흘러 생각을 해보니까요, 저도 그땐 지금보다 훨씬 젊었을 때잖아요. 돌이켜보니까 둘이 함께 성장을 했던 시간이 아니었나 싶더라고요. 홍민이가 독일어를 배울 때, 저는 홍민이가 독일어를 배우던 그 시간, 그 경험까지 함께 배운 거잖아요.

두 눈 부릅뜬 아버지가 내 뒤에서 거리를 둔 채 나를 보고 있다…… 그런데 감독님, 감독님은 안 졸리셨어요? 감독님도 운동량이 어마어마할 때일 거 아녜요.

손 | 어떻게 졸려요. 꿈이 있는데. 어쨌든 그거 한 달 반 하고 독일 간 거잖아요. 그래도 홍민이는 독일어 눈치라도 좀 배워서 간 거니까 무슨 일 있으면 거기 지도자들도 홍민이를 먼저 찾고, 또 그러니까 얘도 언어가 빨리 는 것 같더라고요. 진짜로 축구선수는요, 다른 건 몰라도 축구 실력은 기본이고 외국어 실력을 갖춰두는 게 너무나 당연한 얘기겠지만 무조건 유리해요. 행복할 때 불행을 대비하고, 풍년일 때 흉년을 대비하라잖아요. '교토삼굴狡免三窟'이라고 총명한 토끼는 굴을 세 개 판다잖아요. 살다보니까요, 어쩔 수 없어요. 항상 대비하고 준비하고 계획할 수밖에요.

아이들도 다 알 거예요. 아버지가 그렇게 잠도 잊어가며 어떤 꿈을 함께 꾸었는지를요.

손 | 아이들 눈에 제가 어떻게 비칠지는 모르겠는데요, 아마 이럴 것 같긴 해요. "우리 아버지 배짱껏 살았잖아? 성질대로 살았잖아? 그랬으니까 우리 아버지 괜찮아. (웃음)" 전요, 아마 죽어서도 거기 가서 청소에 미쳐 살고 있을 거거든요. 게으름은 죄라니까요. 한번 만들어진 습관은 쉽게 안 바뀐다니까요. 좋은 습관은 우리를 위대하게 만들고, 이 반복은 결국 기적을 낳잖아요. 저에게는 이 하루하루가 기적이고 또 기적이다 싶을 뿐이에요.

저는 왜 이 기적이 자꾸만 기저귀로 들리는 걸까요. 기적이라 기저귀라. (웃음)

손 | 누구나 쓰러질 수 있잖아요. 늙으나 젊으나 내 의지와는 상관없이 드러누워 못 걸을 수 있잖아요. 기저귀 안 차다 죽는 것도 어떻게 보면 기적이 아니겠어요?

훔쳐 보기

손웅정의 독서 노트

○

조금 많이 돌아가는 것 같아도
조금 늦게 도착하는 것 같아도
기본과 기초를 탄탄히 다져서 가자.
가보지 않고도 빨리 갈 수 있는,
세상에 그런 지름길은 없다.
내게 가장 빠른 길은
내가 알고 가는 길이다.
도착하는 순간 확실히 알게 될 것이다.
뛰기 위해서는 걸을 줄 알아야 하고
걷기 위해서는 기기부터 해야 한다.
나는 한두 번 넘어진 게 아니다.
넘어지기 전의 나는 없었다.

손웅정의 독서 노트 중에서

○

고수는 어떤 분야나 집단에서
기술이나 능력이 매우 뛰어난 사람이다.
고수는 예민하다.
고수는 까다롭다.
고수는 꼼꼼하다.
고수는 엄격하다.
고수는 결단력 있다.
고수는 자제력 있다.
고수는 단순하다.
고수는 자유롭다.
고수는 질서 있다.
특히 고수는 사고와 행동이 빠르다.
고수는 속도의 상징이다.
미래의 축구는 속도다.
축구의 고수란 빠른 선수다.

손웅정의 독서 노트 중에서

○

직장은 나를 지켜주지 못했지만

축구는 지금껏 나를 지켜주고 있다.

내가 좋아하고 내가 원하고

내가 사랑할 수 있는 일이

축구였기 때문이다.

즉, 내가, 내 자신이

축구를 원하고 선택했기에

나는 축구를 도둑맞을 염려가 없다.

아이에게 평생의 직업을 찾아줘야 한다.

그것만이 아이를 평생 지켜줄 것이다.

아이가 평생 행복할 수 있게

부모는 함께 꿈꾸고 탐험해야 한다.

손웅정의 독서 노트 중에서

○

성공보다 더 중요한 것이 성장이다.
성장을 위해 매일매일 노력한다면
우리는 매일매일 자랄 수 있다.
아무리 노력해도 성장할 수 없다면
그건 우리 앞에 우리의 관이 놓였을 때다.
죽음만이 성장을 누를 수 있다.
그러니 딱 한 번만 더 해보자, 하는
성장의 말을 매일매일 반복하자.
할 수 있을 때 실컷 반복하자.
우리가 우리에게 매일매일
기회를 주자.
우리가 우리에게 매일매일
용기를 주자.

손웅정의 독서 노트 중에서

○

유대인의 두 가지 기둥은
가정과 배움(특히 독서!)이라고 했다.
비참할 정도로 생활이 어려웠던 카네기는
성공의 비결로
반드시 가난한 가정에서 태어나야 한다 말했고,
노벨상을 제정한 알프레드 노벨은
몹시 궁핍한 가정에서
병약한 몸으로 태어났지만
무수히 많은 책을 읽었다고 한다.
부모가 아이에게 선물해야 할 것은
결국 공부 습관이다.
그 처음은 독서다.

손웅정의 독서 노트 중에서

○

노화를 좀더 긍정적으로 바라보는 이들이
보다 부정적으로 생각하는 이들보다
평균 7년을 더 살았다는 연구 결과가 있단다.

일찍 일어나 늦게 죽자.
견과류에 미치자.
맨손체조에 철봉을 생활화하자.
(골격이 좋아지고
내장이 제자리를 잘 잡게 된다.)
목욕과 사우나와 마사지를 병행하자.
양치질을 열심히 하자.
치아 관리에 특히 신경을 쓰자.
말 많이 하지 말고
물 많이 마시자.

손웅정의 독서 노트 중에서

○

삶은 단순하다.
먹고 있으면, 살아 있는 것이고
자고 있으면, 살아 있는 것이다.
먹고사는 삶이 곧
먹고 자는 삶이다.
잘 먹고 잘 자는 삶이
잘 먹고사는 삶이다.
인생을 요약하면
단순해질 수밖에 없는 것!
내게 필요한 것이 많지 않음을
내게 필요 없는 물건이 너무 많음을
버리면서 깨닫기를 반복하자.

손웅정의 독서 노트 중에서

○

아카데미의 리더이자 아이들의 코치로
나는 항상 스스로에게 엄격하고
모두에게 공정한 사람이어야 한다.
우리 아카데미에 수직관계는 없다.
우리 아카데미에 수평관계만 있다.

○

진짜 리더는 어떤 결과의 원인을
조직이 아니라
자기 안에서 찾는 사람이다.

○

진짜 리더는 주는 것이 습관인 사람이다.
줄 수 있는 데 최선을 다하는 사람이고
늘 더 주려 고민하고 실천하는 사람이다.

손웅정의 독서 노트 중에서

○

직원들이 급여 이상으로

일하고 싶은 조직으로 만들어야 한다.

그래야 성장할 수 있고,

그러면 모두가 비전을 꿈꿀 수 있고,

그래야 우리가 미래가 된다.

아이들은 인정받기 위해 울고

어른들은 인정받기 위해 죽는다는 말이 있다.

다시 태어나도 다니고 싶은 회사를 만들어라.

우리 축구 아카데미를 그렇게 만들어라.

나는 우리 조직의 리더다.

리더는 무거운 짐을 지고

험한 산길을 묵묵히 오르는 사람이다.

리더는 직원들이 하기 싫다는 걸 먼저 해보고

말하는 사람이다.

리더는 조직원을 최우선으로 알아야 하지만

그들과 너무 가까워서도 안 된다.

리더가 조직원에게 먼저 다가가야 할 유일한 순간은

그들이 어려움에 빠졌을 때다.

손웅정의 독서 노트 중에서

○

내가 배운 것을 테스트하는 가장 좋은 방법은

내가 배운 것을 누군가에게 가르쳐보는 것이다.

○

무엇하러 피곤하게 경쟁하는가.

앞서나가면 개운할 것을!

이겨버리면 고요할 것을!

○

사냥으로 먹고사는 육식동물 가운데

온몸이 지방질인 살찐 짐승도 있던가.

축구 선수도 마찬가지다.

언제나 체중에 민감해야 한다.

특히나 그중에서도 복부!

손웅정의 독서 노트 중에서

○

벤자민 프랭클린은 말했다.

"이십대는 의리가 지배하고,

삼십대는 재치가 지배하고,

사십대는 판단이 지배한다"고.

사십대 이후부터 평생

우리를 지배하게 될 것은

아마도 책일 것이다.

○

나 자신을 위해 고전을 탐독하고

우리 아카데미를 위해 역사를 배운다.

○

읽은 것을 기억할 수는 있다.

그러나 그 기억이

아주 정확하다고는 말할 수 없다.

독서 노트는 내가 읽고 쓴 것을

내 몸이 이해하는 과정이다.

이것은 노트가 아니라

내 몸에 글씨를 쓰는 일이다.

○

반복하여 읽는 일은 지루할 수 있다.

반복하여 쓰는 일도 지겨울 수 있다.

이 반복을 왜 반복하고 있는지

그 비밀을 찾아내면 성공할 수 있다.

흔히 말하는 재능은 이 비밀을 일컫는 것이다.

손웅정의 독서 노트 중에서

○

나무를 크게 키우는 자는
나무의 근본인 땅부터 단단하게 다진다.
그래야 뿌리가 튼튼하게 뻗을 수 있다.

○

혼자 무언가에 빠져서
좀처럼 헤어나오지 못하는 아이가 있다.
그것이 무엇이든 그것은 재능의 증거다.
그럴수록 아이에게 더더욱 철저히
혼자만의 시간과 환경을 만들어줘야 한다.

○

돈을 지불했다고 해서
내가 갑인 것이 아니다.
고맙습니다.
어떤 경우에든 인사말을
빠지지 않게 하고
반복하게 해라.

○

물 한 잔 얻어 마셨으면
물 한 병 이상으로 갚아라.

○

숙이고 낮춰라.
항상 겸손해라.
하지만 적극적이어야 한다.

○

곁에 있는 사람들에게 친절하라.

손웅정의 독서 노트 중에서

○

위기라는 말에 쫄지 말자.
위기는 위험한 고비나 기회를 말한다.
위기에는
위험과 기회가 함께 들어 있다.

○

인정하라.
상대가 모자란 만큼
나도 모자란 것이다.
경청하라.
대화중에 내가 말하기를 최소화하고,
상대방이 끝없이 말하게 하라.

○

자존심은 추락을 준비하는 것이라고 했다.
내가 목숨을 걸고 자존심을 지켜야 하는 이유다.

손웅정의 독서 노트 중에서

○

칭찬이나 비방에 휘둘리지 말자.
그들의 칭찬이 날 더 좋은 사람이 되게 할 수 없고,
그들의 비방이 날 더 나쁜 사람이 되게 할 수 없다.
나는 나를 있는 그대로 볼 줄 알아야 한다.
장자가 말하기를 낙출허樂出虛라 했다.
즐거움은 텅 빈 데서 나온다.

○

타고난 피지컬을 탓하지 마라.
저울추는 작아도
수천 근을 너끈히 든다.
세상에서 가장 무거운 건
빈 지갑이다.
세상에서 가장 무서운 건
내 빈 지갑이다.

손웅정의 독서 노트 중에서

○

큰일을 하려고 마음을 먹었다면
책상 서랍부터 정리하는 것이다.

○

현명한 사람은 복잡한 문제를 단순화하고
지혜로운 사람은 필요 없는 일을 최소화한다.

○

돈을 쓸 때나 말을 할 때,
누군가와 약속을 할 때는
내 한계를 직시하고 있어야 한다.

○

내가 잘할 수 있는 일에는 돈을 쓰지 말고
내가 잘할 수 없는 일에는 전문가를 써라.

손웅정의 독서 노트 중에서

○

사소한 일 하나가

큰 차이를 만든다.

○

전략이란 일단

내가 먹지 않고 두고 보는 것이다.

○

내 몸이 반듯한데

내 그림자가 휠 수 있을까.

손웅정의 독서 노트 중에서

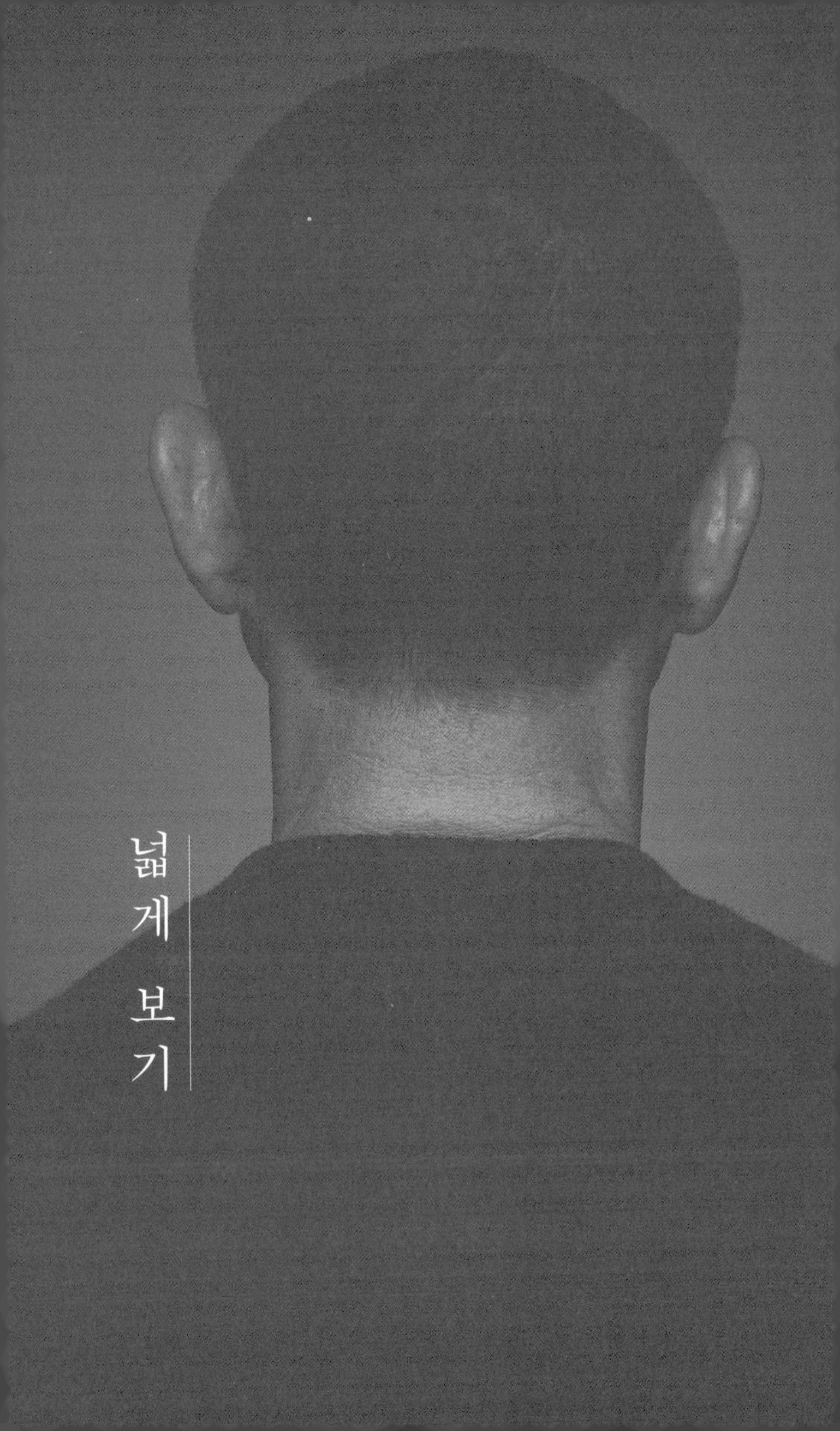

넓게 보기

청소

운동

독서

청소

"이 몰입은
어디에서 오는가 하면,
단순함이거든요."

"적으면 얻은 것이요,
많으면 미혹된 것이다."

—노자

입고 계신 니트가 너무 예쁘다고 할 참이었어요, 감독님.

손 | 계절마다 웃옷 두 벌로 나요. 오늘 하나 입고 빨고, 내일 어제 안 입은 거 마저 입고 빨고. 하루씩 체인지 하면서 입거든요. 심플하죠. 어차피 입는 것만 입고 많아봤자 옷장만 차지하잖아요. 그리고 운동할 때 옷 두 벌씩 입고 하는 거 아니잖아요.

신발은 몇 켤레나 갖고 계세요?

손 | 런던에 두 켤레, 한국에 두 켤레, 야외용은 이렇게 네 켤레 있어요. 운동할 때 신는 실내용 운동화는 런던에 하나, 한국에 하나니까 합이 두 켤레고요. 종종 새 신발이 생길 일이 있거든요. 개중 하나를 새로 신어야겠다 하면 기존에 있던 신발 하나를 버려요. 선별을 하는 거지요. 해서 야외용 신발은 늘 네 켤레를 유지해요. 모르겠어요. 이렇게 생겨 먹은 놈인걸 어쩌겠어요. (웃음)

저와는 완전 반대로 휴대폰과 컴퓨터에 지배당하지 않는 삶을 살고도 계시고요.

손 | 휴대폰을 갖고는 있지만 당장에 분실을 해도 타격감이 하나도 없는 게 반드시 알아둬야 할 몇몇의 번호는 제가 다 외우고 있으니까요. 업무적으로 필요한 대여섯 분의 번호만 휴대폰에 저장을 해뒀고요. 여권번호도 저랑, 혹시 몰라 흥민이 번호까지는 외워두고 있는 참이고요. 휴대폰으로요? 진짜 서치 안 한다니까요. 사진도 안 찍고, 그 흔한 날씨 검색도 안 하고, 아 알람! 알람으로는 사용한 적이 있네요. 굳이 알람이 필요 없는 새벽형 인간이긴 하지만요. (웃음)

저라면 경기 소식이 궁금해서라도 스포츠 뉴스 정도는 검색을 해볼 것 같거든요.

손 | 예전에는 종이 신문을 정말 많이 읽었어요. 젊었을 때 서울에서 이 년 반 정도 코치 생활을 한 적이 있거든요. 주중에 서울에 있다 주말에 춘천에 내려가면 가장 먼저 한 일이 일주일치 신문을 이렇게 쌓아놓고 읽어가면서 두고두고 볼 기사를 오리고 붙여 스크랩을 하는 일이었어요. 그때 구독한 신문이 중앙일보였거든요. 요일은 정확히 기억이 안 나는데 일주일에 한 번씩 전 세계 여러 나라의 명소를 집중적으로 소개하는 여행 관련 기사가 연재

되고 있었거든요. 그걸 아주 흥미롭게 따라 읽었던 기억이 나요. 생각해보면 그때가 사는 게 가장 힘든 시절이었는데 무슨 생각으로 그랬는지…… 여기 나온 데를 나중에 다 여행하겠다고 결심하고서는 얼마나 열정적으로 스크랩을 했는지 몰라요. 그런데 그걸 세상에 다 잃어버렸다니까요. 아직도 그 생각만 하면 어찌나 원통하던지요.

우와, 대발견이다. 읽고 쓰고 책도 잘 버리는 감독님에게 절대로 버릴 수 없는 종이가 있었다니!

손 | 말하자면, 손이 아니라 눈으로 쓴 독서 노트였잖아요.

보통 아침에 몇 시에 일어나세요?

손 | 세시 반에서 네시에는 눈을 뜨는 것 같아요.

헐, 제가 아직 잠들기 전의 시간인데요. 제가 잠들기도 전에 감독님은 깨어나시는구나.

손 | 일단 새벽에 일어나면 집 환기부터 싹 시키죠. 돌돌이로 이부자리며 베개 위를 밀어대는 것부터가 하루의 시작이거든요. 네, 저 양말도 돌돌이로 먼지 다 떼요. 화장실 변기도 뿌리는 락스로 하루 두 번 이상 닦거든요. 네, 저 세면대도 손 씻을 때마다

수세미로 다 닦아요. 기본적으로 청소와 정리정돈에 두서너 시간? 꼬박 하죠. 매일같이 반복하죠. 그래서 저 같은 경우는 집에 물건이 없어야 하는 거예요. 물건이 많으면 청소하는 시간도 길어지잖아요. 뭐 치우고 자시고 할 거 없이 그냥 닦으면 되도록 거실 의자도요, 장식으로 파인 구멍이나 화려한 문양이 나 있는 건 아예 고르지를 않아요. 왜냐, 먼지 많이 끼니까요.(웃음)

저같이 먼지에 무디고 매일 청소 안 하는 사람의 눈으로 보자면 감독님 좀 광적이다 싶긴 해요.

손 | 사실 타고난 것도 없지 않은 듯해요. 국민학교, 아니다 초등학교라 해야지 참.(웃음) 하여튼 그때부터 누가 시켜서가 아니라 내 집 앞마당 뒷마당 다 쓸고서 등교를 했으니까요. 형들은 안 그러고 유독 저만 그랬거든요. 쓸고 쓸어도 왜 항상 지저분할 수밖에 없던 걸까. 그땐 그런가보다 했는데 나중에 생각하니 집이 초가였던 거예요. 온 데 사방에서 나뭇잎이며 쓰레기며 모래며 먼지며 계속 날아드니까 이건 뭐 우리 사극에 빗자루 든 마당쇠가 괜히 있던 게 아니더라니까요. 어머니가 남의 집 일 다니시면서 돈을 버셔야 했으니까 부엌도 뭐랄까, 곰살맞게 말아 한대도 시골 살림이고 하니까 어디 들어갈 자리도 없이 솥이며 채반이며 쟁반이며 아무데나 덜렁 놓여 있기 일쑤였죠 뭐. 그건 제가 어떻

게 치울 수도 없는 노릇이었으니까 어린 마음에 마당 비질이나 깨끗이 하자 매일같이 쓸기나 했던 것 같아요. 그러고 나면 뭐랄까, 정신적으로 참 개운하다랄까.

이럴 정도면 이건 보통 타고나는 게 아닌 거네요.

손 | 제가 그랬잖아요. 누가 시켜서 한 게 아니라고요. 5학년이 되고서는 새벽에 일어나 매일같이 마당 비질을 하고, 아침저녁으로는 모래주머니를 매달고 나가 뛰었어요. 맞아요, 시인님. 극성맞고요, 습성도 맞고요.(웃음) 그런데 제가 아카데미 아이들과 운동을 하다보니까 요즘 애들이요, 원체 집중력이 떨어지는 거예요. 초점이 모여야 태양이 종이를 태울 수 있는 거잖아요. 초점이 안 모였는데 어떻게 햇볕이 종이를 태우겠냐고요. 그렇다면 이 몰입은 어디에서 오는가, 하면 단순함이거든요. 단순화시킬 수 없을 때까지 단순화시키라고, 이 단순함은 어디에서 오는가. 결국 버림이거든요. 이 버림은 어디에서 오는가.

청소해야 오겠죠.(웃음) 왜 감독님의 청소 루틴이 생겼는지 이제 확실하게 알 것 같아요. 전 또 들으면서 제가 왜 산만한지 그 이유를 분명히 알았고요. 몰입도를 높이려면 일단 전 신발과 옷부터 좀 버려야 할 것 같긴 한데…… 그런데 감독님, 버리는 건 그래서 어떻게 하는 걸까요?

손 | 그릇도 왜 비워져 있어야 무언가를 담을 수 있잖아요. 비워진 그릇이 많으면 담을 것도 늘어나잖아요. 그러니까 저 같은 경우는 애초에 그릇의 수 자체를 줄여버리는 거예요. 제가 신발의 개수를 제한해뒀듯이요. 그래서 저는 물건을 막 이렇게 모았다가 버리는 게 아니라 바로바로 갖다버려요. 아무리 값진 것이더라도 저거 나한테 필요 없을 거야, 하면 지체하지 않고 미루지 않고 바로 버려요. 찔끔찔끔이라도 제때제때. 그러니까 버리기 위해서는 내가 소유한 물건들을 매일같이 돌아봐야 해요. 내가 무엇을 가지고 있는지 알아야 그 무엇을 버릴 수 있어요. 안 보면 못 버리고, 못 보니까 안 버리게 되는 거예요.

하필 그릇 얘기를 꺼내셔서 더더욱 뜨끔했네요. 제가 또 그릇 수집광이거든요.

손 | 결국 습관이죠. 우리 애들한테 제가 그래요. 머물렀던 자리에 흔적을 남기지 말라고요. 쓰레기를 단 하나라도 떨구지 말라고요. 내가 앉았던 자리에 남이 와 앉았을 때 불쾌감을 들게 하는 일을 단 한 가지라도 해서는 안 된다고요. 우리 아카데미 시계는요, 한 십 분씩 정시보다 빠르게 맞춰져 있어요. 왜긴요, 다들 제 성격을 아니까요. (웃음) 저는 같이 일할 사람인가 아닌가 뒷좌석

이 어떤가 하고 자동차를 딱 타봐요. 정리됐나 안 됐나 트렁크 한 번 열어봐요. 어쨌든 삶이란 더 나은 사람이 되기 위한 투쟁의 나날 아니겠어요? 피 터지게 싸워봤자 사람 앞에 완전이라든지 완성이라든지 이런 수식어 붙일 수 있냐고요. 영원히 그건 못 붙이는 일이잖아요. 완전한 사람이 어디 있고, 완성된 사람이 어디 있어요. 그래서 계속 청소하자는 거고, 고민하자는 거고, 운동하자는 거고, 책 읽자는 거예요. 성공 말고 가치를 좇자는 거예요.

혹시 감독님 어디 가서 점 보신 적 있으세요?

손 | 아뇨. 왜요? 근데 들어가면 바로 나가라고 그러겠죠?

운동

“우리가 돈을 벌어도
몸이 벌잖아요.”

“새기기를 중간에 그만두지 않으면
쇠와 돌에도 무늬를 새길 수 있다.”

—순자

여행 중에도 이십사 시간 문을 여는 짐이면 새벽 네시부터, 새벽 여섯시에 문을 여는 짐이면 새벽 여섯시부터, 매일 삼백육십오 일 운동으로 하루를 시작하신다고 들었어요.

손 | 우리가 돈을 벌어도 몸이 벌잖아요.

방금 이 말씀은 완전 죽비인데요. 돈을 벌어도 몸이 번다니요!

손 | 이 당연한 걸 무슨 죽비씩이나요! (웃음) 행복의 근원이 뭔가요. 몸이잖아요. 흥민이한테도 항상 얘기한다니까요. 죽은 사자보다 산 개가 낫다고요. 건강한 거지가 병든 왕보다 행복하다고요. 흥민이랑 처음 함부르크 갔을 때 그 힘든 상황 속에서도 버틸 수 있었던 게 그전부터 미리미리 내 관리 안 해놨으면, 내 체력을 키워놓지 않았으면, 가능했을 것 같아요? 아니, 못 했어요. 지금의 저는 없었어요.

숙소에 따라 짐도 다 다를 거잖아요. 감독님은 매일매일 운동하시는 예민한 분이니까 그 여건이라는 것도 무시 못 할 것 같거든요.

손 | 그렇죠. 그래서 만약 오늘 오후에 짐을 푼다, 그리고 내일 새벽에 운동을 해야 한다, 그러면 일단 짐에 들러서 기구들 둘러본 뒤에 내일 할 운동 프로그램을 미리 다 처방해놓고 자요. 낯설고 하면 우왕좌왕할 수 있잖아요. 새벽에 내려와 허둥지둥하다 시간에 쫓겨 내 맘 편히 운동에 집중할 수 없을 수도 있잖아요. 전 그렇게 내 미흡한 준비로 내 시간을 깨 먹는 게 정말 싫어요.

다른 때와 달리 오늘은 운동하신 직후라 그러신가, 아니면 운동량이 빡세서 그러신가, 말투가 좀 딱딱하신 것이 제가 뭘 잘못한 게 있나…… 저 왜 눈치를 보는 걸까요?

손 | 아니 그게 뭔 소리래요. 왜 그런 눈치를 다 보실까. (웃음) 아, 그럴 순 있겠네요. 운동은 제 천직 같은 거니까, 몸으로 부딪치는 거니까, 군말의 지방을 너무 빼서 그렇게 느끼셨을 수도요. 근데 왜 그런 일로 저한테 시인님 생각의 지배권을 넘겨주시나요? 그런 건 한마디로 시간 낭비죠. 그게 혹여 사실이라고 하더라도 그 생각만으로는 제 머리털 끝 하나 못 건드리는 거잖아요. 아 열받아, 하는 순간 그 독소를 내가 나한테 붓는 거잖아요. 생각해보세요. 그 독소가 걔한테 안 가. 나한테 와. 걔 머리카락 한 올도 상

하게 할 수 없어. 그런데 잘못한 것도 없이 공연히 상대에게 왜 내 생각의 지배권을 넘겨주냐고요. 저는요, 한입 갖고 두말 안 해요. 제가 입이 닳도록 계속 반복하잖아요. 내가 나에게 가장 소중한 사람이라니까요.

지배권이라는 단어를 이런 대화 속에 또 들어보네요. 감독님 평생이 축구와 한배여서 그럴까요. 앞서 이기고 지는 승부의 결과보다 운동 경기를 해나가는 능력, 그 힘의 주도권을 강조하신 적이 있기도 한데요.

손 | 제가 돈도, 명예도, 권력도, 아무것도 없는데 자신감 넘치게 나 마음 부자라고 하는 게, 사실 이런 데서 오는 얘기거든요. 여자들의 경우는 잘 모르겠는데요, 특히 내 또래의 남자들, 물론 모두가 다 그런 건 절대로 아니겠지만, 주로 보면 중년 남자들 중에 혼자 잘 못 지내는 사람들, 제법 있거든요. 그건 혼자 하는 연습을 안 해왔다는 거거든요. 밥도 혼자 해결할 줄 모르고, 책도 안 읽고, 운동도 안 하고, 만날 술집에 모여서 쓸데없는 얘기나 하고요. 몰려다니면서 큰일하는 사람 없어요. 조폭들이 왜 몰려다니겠어요. 혼자서는 아무 일도 못 하거든요. 그래서 몰려다니는 거잖아요. 나더러 왜 이렇게 죽어라 운동하냐고 많이들 물으시는데, 난 관속에 들어가기 전까지 내 발로 걸어서 화장실은 가려고

그런다, 말씀드리거든요.

그건 누구보다 제가 잘 알잖아요. 저희 아빠 소원이 당신 발로 걸어서 화장실 가는 거라고, 그 얘기만 하시잖아요.

손 | 그니까 시인님. 어머니하고 얼마나 힘드셔요. 보통 일이 아니라니까요, 그게. 그러니까 제가 매일 운동하는 거예요. 그게 자식한테 부모 걱정 덜어주는 일일 거잖아요. 아이고, 저 시인님 어머니 아버지 들으시라고 하는 말 아닌 거 아시죠? 물론 이해하시는 거 아는데 혹시나 마음 쓰실까. (웃음) 제가 그 폐 끼치는 걸 죽기보다 싫어한다 말씀드렸잖아요. 남한테 선 넘는 거 질색팔색한다고 했잖아요. 자식은 내가 아니잖아요. 어떻게 자식이 내가 돼요. 그래서 웬만하면 미리미리 건강 저축해두고, 늙어서 자식들 나로 부담 안 짊어지게 젊어서 자식들한테 몰빵하지 말고 돈 쪼개놨다가 노후자금 확보해두라는 거예요. 그리고 요건 안 쌓아둬야 할 유일한 한 가지인데요, 뭐냐면, 잔소리! 자식들 사는 데 잔소리만 안 해도 그건 최고의 부모라는 거예요.

늙어 말만 는다고, 요즘 입버릇처럼 제가 그 말만 달고 사는데…… 역시 저는 감독님이 하라는 건 안 하고, 하지 말란 것만 하고 사나 봐요.

손 | 무슨요. 서로 다르니까 이렇게 또 대화도 하고 그러는 거죠.(웃음) 저도 젊었을 적의 저와 지금의 제가 아주 많이 다를 거잖아요. 그땐 나이들어 근육이 최고로 필요하다는 걸 몰랐어요. 저는 키가 작고 피지컬이 약하니까 경기력을 높이려면 이 단점을 어떻게 해서든 극복을 해야 했으니까, 그 차원에서 처음 운동을 시작했던 거거든요. 누가 가르쳐주고 누가 억지로 시켜서 한 게 아니니까 당연히 시행착오를 많이 겪었을 거 아녜요. 이 무게 저 무게 다 들어보고, 이 기구 저 기구 다 거쳐보고, 그렇게 사십 년 넘게 하다보니까요, 지금은 저한테 필요한 운동을 제 몸 상태에 따라 스스로 처방할 수 있게 되더라고요.

잘은 모르겠지만 그래서인지 감독님의 운동 과정이 무슨 원을 그리는 것 같았어요. 무엇보다 이 기구에서 저 기구로 옮겨가는 데 있어 이렇게 즉각적으로 빠르게 움직이는 사람, 처음 봤다니까요.

손 | 저 따라서 운동해본 분들은 알아요. 보기에는 어떨지 모르겠지만 실제로 엄청 힘들거든요. 제가 운동 중간중간에 빠르게 움직이는 건 근육을 잠시라도 쉬게 하지 않고 계속 부하를 주려 하는 거예요. 근데 요즘 짐에서 보면 그런 분들 많으시대요. 운동 중간중간에 통화하고, 문자하고, 콜라 마시고, 신문 읽고, 유튜브 볼 거 다 봐가면서 하시대요. 저는 기구에서 기구 옮겨갈 때도 단

일 초도 지체가 없어요. 옆에서 가만 보면요, 저는 먹는 걸로 간섭당하는 게 정말 싫을 것 같거든요? 무슨 말이냐면, 다이어트를 위해 운동하러 오시는 분들이 많다는 거예요. 찌는 건 한순간, 빼는 건 피눈물이라고 음식 조절도 물론 중요하지만 사실 먹는 행복이 또 얼마나 큰 건데요. 그래서 자기 몸 상태를 정확히 아는 상태에서 운동 처방이 이뤄져야 하는 건데, 이 극복이 사실 전부이긴 한데…… 어려운 거죠. 일단 저는 이 말씀을 자주 드려요. "많이 움직이세요. 사람의 노화는 하체부터 옵니다. 그냥 걷기라도 하세요. 앉으면 죽고 서면 삽니다."

감독님 운동하시는 걸 보는 것만으로도 저는 사실 어질어질하더라고요.

손 | 보셨다니 아셨겠지만 저 아주 가벼운 중량부터 들기 시작했잖아요. 저는 준비운동을 안 해요. 대신 가벼운 걸로 해서 근육을 천천히 풀어주고 부하량을 조금씩 올리다가 근육이 최고로 피곤하다 할 때부터 내리기 시작해요. 내 몸집 크게 키워야지, 그거 누구 보여줘야지, 하는 그런 목적 갖고 저는 운동하는 게 아니잖아요. 어떻게 보면 근육과 관절에 기름칠 살짝씩 하는 정도로 하니까 무게는 과하지 않게, 대신 들어올리는 횟수는 잘게 해서 많이 가져가는 식이에요. 가장 가벼운 무게에서 더하고 더하고 더

해서 마지막까지 가는데요, 시인님 보시기에 제가 보기 싫게 얼굴에 막 오만상 쓰면서 억지로 들어올리고 그러던가요? 돈을 쓰는 데 있어서도 그렇고, 무게를 들어올리는 데서도 그렇고, 저는 언제나 제 분수껏이어야 한다는 생각을 우선으로 해요. 인상 쓰지 않을 정도로 가볍게, 지체 모를 정도로 빠르게. 이게 분수란 거 아니겠어요?

당연한 얘기겠지만 늘어나는 무게만큼 뒤로 물러나게 되잖아요. 그래서 거리를 더 벌리잖아요.

손 | 일종의 대비죠. 내가 감당해야 할 무게가 어느 정도인지 몸이 알고 스스로 행하는 자세지요. 맞아요. 운동하면 몸이 지혜로워지는 게 또 이런 데서 증명이 되는 거거든요. 제가 늘 하는 말이 멀리 보고, 깊이 보고, 넓게 보고, 한발 물러나서 보고, 여러 각도에서 보고, 위를 보고, 또 뒤집어서도 보라는 건데. 아뇨 숨 안 차요. 또 읊으라면 또 읊어요.(웃음) 말하자면 그건 제가 이 무게 저 무게 계속 들어올렸다 내려보는 과정 속에 제 몸을 알게 되고, 제 몸을 이해하게 되고, 어쩌면 제 몸의 그 한계까지도 받아들이게 된다는 말이잖아요. 운동은 사람을 겸허하게 해요. 내 능력 밖이다 하는 게 있으면 그걸 그 자리에서 바로 인정하게 만들어버리지요. 축구도 그렇고, 헬스도 그렇고, 공인 받은 지도사 자격증

을 다 따서 갖고는 있지만요, 거기에 상응하는 공부를 계속 안 할 수가 없어요. 운동의 핵심은 디테일이니까요.

그 말씀을 앞서 몇 번이나 강조하셨잖아요. 디테일이 결국은 최후의 승부처라고요.

손 | 중고등학교 때 축구하면서 제가 그걸 잘 몰랐잖아요. 그런데 그 뭔가가 빠져 있다는 건 또 알았잖아요. 그래서 할 수 있는 최선으로 다른 애들이 아침 운동 한 번 할 때 저는 새벽 다섯시 반부터 나가 세 번씩이나 하고, 오후 훈련 끝나고 애들 다 쉬는 저녁에도 저 혼자 밤 운동하고 들어오고. 잘 모르겠으니까, 그런데 알고는 싶으니까, 계속 몸을 써서 그 뭔가가 뭔지를 계속 알아내보려 했던 것 같아요. 뭐가 모자라는 건 아는데 그 뭐가 뭔지를 잘 모르겠다 싶은 그거요.

감독님은 결국 그래서 지금은 그 무언가를 알아내신 것 같으세요?

손 | 아뇨. 대신 한계에 부닥친 다양한 얼굴들을 많이 엿봤죠. 그래서 오늘도 책 읽고, 독서 노트 쓰고, 공부하고 왔잖아요. 다만 평생 찾아야 한다는 것을 알았기 때문에 일종의 느긋함은 생겼어요. 제가 왜 흥민이에게 축구로는 위를 보고, 생활로는 아래를 보라고 계속 얘기를 해왔겠어요.

참, 춘천에서나 영국에서나 감독님이 새벽에 운동을 시작하시면요, 아들들도 아버지 따라 일어나서 함께하곤 하나요? 나 또 이거 괜한 선입견에서 툭 던진 질문이려나 모르겠네.

손 | 시인님, 일단 저는 영국에 가도 주로 밖에서 따로 묵어요. 그러다 볼 일 있으면 보고, 밥 먹게 생겼으면 먹고. 다들 자기 생활이 있는데 내가 들락거리면 그거는 또 폐를 끼치는 게 되잖아요. 춘천 큰아들 집도 안 간다니까요. 글쎄 한 번도 안 가봤다니까요. 제가 가면 며느리만 불편하죠. 아무리 제가 잘해줘봤자 시자 들어간 시금치인데 쓸데없이 제가 뭐가 좋겠냐고요. (웃음)

세상 모든 시아버지가 감독님만 같다면야.

손 | 그런데 아들이랑 같이 무슨 운동씩이나 하겠냐고요. (웃음) 내 운동이면 나 혼자서 하는 거지, 내 운동에 누구 둘씩이나 왜 필요냐고요.

왜 갑자기 그런 질문을 드렸을까 하니 아까부터 '감내'라는 단어가 입에 맴돌았던 것 같아요. 다른 건 몰라도 평생을 허튼 시간 없이 가열차게 살아오셨구나, 운동하는 뒷모습에서 그게 크게 느껴졌던 모양이에요.

손 | 그건, 글쎄요, 그런가? 삶에서도 운동에서도 평생 치열하게 살아온 건 맞아요. 제가 흙수저로 태어났잖아요. 그 가난한 데서 우리 형제들 공부도 제대로 못 하고, 다 돈 벌러 나가야 하는 극한의 흙수저로 살았잖아요. 그런데 지금의 저는 물론 금수저는 아니지만, 흙수저도 아니잖아요. 아들 둘 알아서 살게 해줬고, 걔들에게 손 안 벌리고, 물론 여러 분들의 도움이 있어서 가능한 것이기도 하지만, 책도 쓰고, 강연도 다니고, 축구도 가르치면서 내 밥벌이 내가 하고 있고, 자주 책도 사서 보고, 가끔 여행도 할 수 있을 정도의 여유라 하면 음…… 그렇다면 그건 제가 말로 다 할 수 없는 어떤 시간을 참아낸 것도 맞겠다 싶네요. 그래요, 시간의 감내. 나 그건 인정!

그리고 또 '균형'이라는 단어도요. 우리의 대화 속에 참 자주 등장했던 키워드이기도 한데요.

손 | 언젠가 비행사 관계자분이 그 말씀을 하시더라고요. 비행기 이착륙 시에 문제가 없으려면 수화물 있잖아요, 그 무게들 균형 잡는 일이 엄청 중요하다고요. 그래서 비행기 출발 전에 엄청 예민하면서도 분주하게 바삐들 움직이시는 거라고요. 제가 거울을 보고 운동을 하는 것도 그런 기울어진 데라든지, 비뚤어진 데라든지, 뒤틀어진 데라든지, 몸의 밸런스를 깨는 요인을 찾는 건데

이걸 못 찾고 그대로 두면 몸에 통증이 오는 거잖아요. 병은 지속된 문제의 결과잖아요. 균형을 생각해서라도 운동은 죽을 때까지 해야 해요.

반바지를 입고 계시니까 안 볼 수가 없었는데요, 일단 죄송은 한데요, 살다 살다 또 이런 종아리는 처음이거든요. 종아리에 있는 근육이란 근육이 죄다 나 여기 있어요, 하고 다 튀어나온 것 같더라고요. 그래서 제가 감독님 운동하실 때 검색을 한번 해봤거든요? 가자미근이라는 게 다 있더라고요. 가자미와 비슷해서 가자미근이라고 하는데 넙치랑도 비슷하게 생겨서 넙치근이라고도 불린대요. 혹시 아셨어요?

손 | 네, 저 워낙에 관심이 많아서 근육 관련 책들은 다 사서 공부했거든요. 근육을 알아야 근육을 이해하고, 근육을 이해해야 근육을 키울 수가 있잖아요.

그렇다면 단도직입적으로 여쭐게요. 손웅정에게 근육이란?

손 | 음……내 주도성이자 내 주체성의 상징? (웃음) 참 별걸 다 물으시네, 시인님.

독서

"이 힘든 걸
계속하다보니까요,
내 삶이 쉬워지는 거예요."

"오늘의 나를 만든 것은
우리 마을 도서관이었다.
나에게 소중한 것은
하버드대 졸업장보다
독서하는 습관이었다."

—빌 게이츠

감독님과 서점에를 다 와보네요. 오늘은 현장감 있게 직접 서점을 돌아다니며 얘기를 나누게 되었는데요, 그러다보니 질문과 답이 짧을 수밖에 없을 듯한데요, 감독님 괜찮으실까요?

손 | 다른 분들 책 고르시는 데 방해되면 안 되니까요. 얼른얼른 가보시죠.

네. 저는 서점에 오면 아주 느려지는 사람이거든요. 작정하고 헤매요.

손 | 저는 손전등이에요. 지금 저한테 필요한 책들이 저쪽에 있다 하면 뭐, 뒤도 안 돌아보고, 곁도 안 주고, 바로 직진해요. 보통은 인문학 코너로 가장 먼저 가는 것 같은데요?

책은 보통 어떻게 고르세요?

손 | 일단 제목을 보죠. 저는 제목을 보고 책을 선택하는 경우가

근 육십 퍼센트를 넘는 것 같아요. 그럼요, 첫인상인데요. 제목의 한 줄 메시지가 크고 확실한 책에 꽂혀요. 가슴을 때리는 그 타격감이 있나 없나, 그거 없으면 절대로 안 집어요. 그래서 한 단어로 된 짧은 제목의 책은 지나쳐버리기가 십상인데요, 한참 후에 우연히 내용을 보다 좋아서 뒷북처럼 살 때도 있어요. 아마도 성격 탓이겠지요? (웃음) 제목을 딱 읽는 순간 거기서 내가 어떤 메시지를 전달받느냐 아니냐, 책을 고르는 가장 큰 관건이라면요.

자기계발서로부터 독서를 시작하셨다고 들었어요.

손 | 제가 중고등학교 때 화장실을 가면요, 거기 벽에 명언이라든가 책의 멋진 글귀들이 많이 붙어 있고 그랬거든요. 생각해보면 교훈적이고 도덕적인 내용 아니면 거기 써둘 리가 없을 텐데, 오히려 너무 당연한 소리여서 무시할 수도 있었을 텐데, 그때 저한테는 타격감이 크게 오더라고요. 그걸 베껴두고 여러 번 읽었던 기억이 나요. 가족 중에서요? 그래도 아버지가 책을 좀 가까이 하셨던 것 같아요. 그러다 책 읽기를 작심하고 한 두세 권 보기 시작했는데 이거 뭔가, 제 생활을 그대로 옮겨놓은 줄 알았다니까요.

너무 닮아서요?

손 | 네. 제가 행하는 삶의 기본 패턴이 책에 고스란히 다 들어 있는 거예요. 그래서 처음에는 이 사람들이 나를 써놨나? 그랬다니까요. 이 사람들이 나를 베꼈든 내가 이 사람들을 베꼈든 둘 중 하나다, 그랬다니까요. 하하 왜 웃으세요, 시인님. 진짜라니까요. 진짜 제가 잘난 척을 하는 게 아니라 내가 하는 짓거리를 이 사람들이 봤나? 진짜 그때 타격감이 제대로 왔었다니까요.(웃음) 그러니까 이게 얼마나 재밌어요. 다 내 얘기인데요. 알고 보니까 그런 책들이 자기계발서더라고요.

저는 감독님 뵙고 나서부터 자기계발서에 관심이 생겨 사보기 시작했는데요, 그들 책에서 하지 말라는 짓은 제가 다 하고 살더라고요. 정말이지 그 성향이 끝과 끝에 있는 거예요.

손 | 처음에 딱 두 권 읽고 났는데 의아한 거예요. 아직도 이렇게 안 하고 사는 사람들이 있다고? 정말이에요. 다 저처럼 사는 줄 알았다니까요. 에이 그게 아니라 저는 남들 사는 것에는 별 관심이 없고 오로지 저 사는 것만 들여다보니까요. 봐봐요, 시인님. 저도 태어나서 시집이라고는 시인님 덕분에 처음으로 읽어봤잖아요. 아니 주셔놓고 읽지를 말라는 건 또 무슨 심보실까. 저 하루 만에 완독했잖아요. 세상에는 또 이렇게 생각하고 사는 사람도 있구나, 참 다르구나, 어렵구나, 그걸 느꼈잖아요. (웃음)

감독님 놀리려다가 제가 되치기를 당해버렸네요.

손 | 아니거든요, 저는 다리 건 적 없거든요. (웃음) 이상하게 책 얘기가 나오면 어린이처럼 신이 나는 것 같아요. 맞아요, 흥에 더 가깝죠. 아무튼 그렇게 한 육칠 년 정도 자기계발서를 쭉 읽다보니까요, 일단 사는 데 자신감이 생기는 거예요. 여기가 끝이 아니라 시작이구나, 그런 희망이 막 드는 거예요. 뭐를 좀 알 것 같고 뭐를 좀 제가 할 수도 있을 것 같고 그런 거예요. 처음에는 제 과거가 돌이켜지고, 다음에는 제 현재가 둘러봐지더니, 어느 순간 제 미래가 희미하게나마 그려 보여지는 거예요. 그러면서 그 순간에 저라는 사람이 저한테 확 들어오더라고요. 그때부터였죠. 내가 바뀌어야겠구나. 나부터 변화가 되어야겠구나. 그렇게 사람이 사람을 제 발로 찾아가게 하는 것이 자기계발서구나, 맹렬히 좇게 된 거예요.

사람이 사람을 제 발로 찾아가는 것이 자기계발서다!

손 | 결국은 내가 어떻게 세상을 잘 살아나갈 것인가, 그 방향을 살피려고 다들 책을 보는 거잖아요. 작은 파도를 보지 말고 바다 밑에 흐르는 해류를 파악하라는 말도 있잖아요. 예전에는 재능만 가지고도 성공할 수 있었어요. 그 얼마 전까지만 해도 재능에 노

력만 더하면 성공할 수 있었고요. 지금은 아뇨, 재능에 노력에 관점까지 더해져야 성공할 수 있게 되었잖아요. 여기서 그 관점이라 함은 남들과 다른 나만의 독창적인 방향을 말하는 거잖아요. 그 관점을 바꿔주는 거요. 그런데 왜 절 보실까. 제 뒤에 이 책들 보셔야죠. (웃음)

아카데미에서 만나는 아이들이나 학부모들에게도 독서하라는 얘기, 어떻게 많이 하시나 모르겠어요.

손 | 기회가 될 때는 하죠. 그런데 또 강요는 안 하는 스타일이니까요. 부모들은 애들이 책을 안 본다고, 아무리 읽으라고 해도 안 읽는다고, 어떻게 하면 책 좀 읽힐 수 있겠냐고 많이들 물으시는데요, 그때마다 제 얘기는 똑같아요. 텔레비전부터 없애시라고. 부모가 앉아서 책을 보면 아이들은 책 보지 말래도 책 본다고. 휴대폰 사용을 자제하시라고. 부모가 휴대폰을 통화할 때만 쓴다 치면 아이들이 그걸 내놓으라고 떼를 쓰겠냐고. 대들보가 휘면 기둥이 휜다니까요. 부모가 안 바뀌면 아이들이요? 절대로 영원히 못 바꾼다니까요.

책을 고르실 때 누군가의 추천이나 리뷰를 혹 참고하시는지요.

손 | 아뇨. 저는 무조건 이렇게 서점에 직접 와서 제 눈으로 골라

야 해요. 저자 이름에 기대지 않아요. 저자의 명성이 뭐가 중요해요. 저한테 지금 간절하게 필요한 문장이 어디 적혀 있을까, 그 책을 누가 썼던지 간에 두 눈 시퍼렇게 뜨고 그걸 찾는 데 혈안이 될 뿐이지요. 아무리 유명세 있는 작가의 책이라 하더라도 저한테 타격감이 없으면 그만이잖아요. 전 옷도 메이커 안 따져요. 저한테 잘 어울려야 그게 제 옷인 거지, 우리가 옷 안 입고 명찰 입는 거 아니잖아요. 이렇게 서점에 와 책을 고르다보면요, 참 가차 없어질 때가 많더라고요.

가차없다는 말이 이렇게 무서울 줄 몰랐어요. 저는 앞으로 또 어떤 책을 어떻게 만들어야 하는가 그 생각에 자꾸 가닿게 하시고요.

손 | 속도의 시대잖아요. 미래는 시간 싸움이라고 했어요. 저는 이렇게 서점에 한번 오면 한 열네 권에서 스무 권 정도 사거든요. 광고 매대 쓱쓱 지나쳐서 직진 일로고요. 책도 서머리가 잘 되어 있는 걸 주로 집어요. 짧은 시간 안에 집중할 수 있으니까 효율적이잖아요. 베스트셀러라고 해서 무조건 집어들지도 않아요. 이 책이 저한테도 베스트일지를 더 냉정하게 보는 편이에요. 여기 서서 목차부터 좌르르 봤는데 하나 마나 한 소리만 늘어놨다, 그럼 또 가차없어지는 거죠. 그리고 왜 책 중간중간에 도표다, 그래프다, 통계다, 데이터베이스 같은 거 그려져 있는 책 있잖아요.

그것도 미련 없어요.

왜요?

손 | 우리가 통계로 사는 거 아니잖아요.

그럼 감독님, 우린 뭘로 사나요?

손 | 사는 걸로 사는 거죠.

사는 걸로 사는 거다…… 어쩔 수 없이 저는 또 이런 대목에 꽂혀버리고 마네요. 그러니까 저는 시 코너로 직진하는 걸 거예요.

손 | 독서로 경쟁하자는 거 아니잖아요. 남을 이기고, 남보다 많이 소유하고, 남보다 높은 지위 갖고, 남 위에서 군림하자는 거 아니잖아요. 사람들한테 책 읽어라 하면 하나같이 바쁘다, 시간 없다, 그런단 말이죠. 맛있는 거 먹고, 재미난 거 보고, 편안하게 잘 시간은 있으면서 책 볼 시간은 없다고 한단 말이죠. 사실 저도 운동하고 독서, 매일같이 이 둘에 집중하는 삶이 진짜 쉽지만은 않거든요. 그런데 이 힘든 걸 계속하다보니까요, 내 삶이 쉬워지는 거예요. 힘든 운동하고, 힘든 독서하고, 이 힘든 두 가지를 매일같이 하니까요, 내 삶이 진짜 쉬워지는 거예요.

어떻게 살 것인가, 이걸 평생 붙들고 가는 게 우리에게 주어진 숙제일 텐데요, 과연 책으로 운동으로, 감독님 말씀처럼 쉬워질까요?

손 | 아니 시인님은 책이 업이시면서 그걸 저한테 반문하시는 거예요? (웃음) 저는 책 전문가도 아니지만요, 송나라 때 사람 구양수가 말한 요 '삼상三上'을 뼈에 박아놨거든요. "독서는 마상馬上, 침상枕上, 측상厠上이면 충분하다." 저는 사실 책은 꼭 아무것도 놓인 것 없는 깨끗한 책상 위에서, 깨끗하게 손 씻고 와서 봐요. 아 시인님은 화장실 오래 쓰시는구나. 변비 심하시니까 나가서 걷고 운동하시면서 몸을 쓰시라니까요. (웃음) 그런데 저는 시인님처럼 화장실에서 책 보고 아예 그러지를 못해요. 저는 볼일만 딱 보고 빨리빨리, 또 볼일도 빠르게 빠르게, 저는 화장실에서도 시간을 지체하는 일이 없어요. 일단 술 한잔 덜 드시면 될 것 같아요. 시간 없다는 거 다 자기 합리화에서 빚어진 변명 아니겠어요. 모두가 아홉시에 출근해서 여섯시에 퇴근한다 쳐요. 그럼 출근 전에 두 시간 일찍 일어나서 책 읽고, 퇴근 후에 두 시간 책 읽고 늦게 자기를 한 삼 년 한다 쳐요. 삼 년 전과 삼 년 후, 사람이 얼마나 달라져 있을까요. 아니 책으로 아무것도 달라진 게 없다 하더라도요, 잠 안 자고 벌어들인 그 시간만 합해도 대체 얼마인가요.

아무래도 감독님이 출판계에 투신을 하셔야 할 것 같은데요.

손 | 이게 다 책을 위한 얘기겠어요? 사람을 위하자는 얘기였지!

높이 보기

사색

통찰

행복

사색

"답은 꼭 못 빨아들여도
제 내면으로 끊임없이
청소기를 돌려보는 거요."

"세상을 바꿀 생각은
누구나 하지만
자신을 바꾸려고 하는 사람은
아무도 없다."

—톨스토이

비행기 타실 일이 잦으시잖아요. 평소에 몸을 계속 쓰시는 분이니까 꼼짝없이 하늘에 잡혀 있을 때는 그 시간을 어떻게 보내시려나 사뭇 궁금했던 참이에요.

손 | 일단 저는 아무것도 안 먹어요. 뭘 먹어요, 다이어트 해야지. (웃음) 특히 저는 장거리 노선을 주로 이용하니까 기내에서 뭘 좀 먹었다 하면 불편한 속으로 며칠을 가더라고요. 그래서 비행기 타는 날 앞뒤로 공복 유지하는 습관을 들였는데, 그게 딱 간헐적 단식이 되더라고요.

어쩌다 유럽이라도 한번 가게 되면 이제나저제나 밥 언제 나오나 그러고 시간을 보내는 저 같은 사람으로 보자면 일단은 티켓값 너무 아깝다 싶고요. (웃음)

손 | 생각보다 그렇게 막 배고픈 느낌은 안 들어요. 저는 또 비행기 안에서 이런저런 사색을 많이 하잖아요. 구름 봐봐요. 생각할

게 얼마나 많아. 사색으로 막 배가 부르다니까요. (웃음)

사색으로 배부르다는 얘기를 누가 하느냐에 따라 정말 다르게 전달이 되겠구나, 감독님 말씀 듣자마자 헛웃음이 터질 만도 한데 글쎄 제가 수긍을 하고 있네요. 영혼 없이 이런 얘기 던지는 사람 옆에 있으면 못 참고 거침없이 막 쏴붙이는 게 전데…… 그렇다면 결론은? 감독님 영혼, 좀 있는 것으로! (웃음)

손 | 아주 싱겁지는 않을 거예요. 제가 간을 좀 보는 스타일이라.

아 뭐예요, 감독님. 바로 영혼 털리게요!

손 | 뭐긴요, 간 안 보면 백전백패란 소리죠. 저는 성격은 엄청 급한데 일을 대할 때는 덥석덥석 주는 대로 안 물고, 상당히 보수적으로 접근하는 편이에요. 상대에게 긴장한 걸 절대로 들키지 않은 선에서 마음을 다해 집중하고, 아주 조심스럽게 여러 각도에서 문제를 바라보다보면요, 어느새 제가 되게 긍정적으로 바뀌어 있더라고요. 중요한 건 결국 시야라는 얘긴데, 제가 그걸 어디서 배웠냐 하면, 그렇죠. 이제 너무 답을 아신다, 시인님. 책인 거죠.

감독님의 만능해결사가 이렇게나 책인 걸 사람들은 알까요, 모를까요. 이참에 많이들 아시면 참 좋겠는데 말이에요.

손 | 제가 백 번 천 번 다 같은 소리를 하잖아요. 책이라니까요. 축구 잘하고 싶어도 책이고, 헬스 잘하고 싶어도 책이고, 요리 잘하고 싶어도 책이고, 하다못해 정리 잘하고 싶어도 책이라니까요. 저는 책을 읽기 전보다 책을 읽은 후에 조금은 나아진 사람이 된 것도 같다고 감히 말씀을 드릴 수 있을 것도 같거든요. 최소한 좋은 걸 보고 알게 되었을 때 이걸 되도록 많은 사람들과 나누고픈 마음이 생긴 것만 봐도요. 앞서 시야에 대한 언급도 했지만 책을 몰랐다면 저는 아마 관점에 대한 이해가 없는 채로 세상을 여전히 편협한 시선으로만 바라보고 있었을 거예요. 어떤 상황에서든 답을 찾고 문제를 해결하려면 시야가 충분히 확보되어야 하잖아요. 어쨌든 제가 이상적으로 생각하는 부모나 어른이나 지도자의 전형을 제가 흉내라도 내보려고 애쓰게 된 데는 책의 도움이자 책의 혜택이 전부라 할 거예요.

새벽에 눈을 뜨자마자 가장 먼저 하시는 일이 창을 열고 집안 환기를 시키는 거라 하셨어요.

손 | 네, 그러고 한참 밖을 내다보지요. 어렴풋한 새벽 풍경을 가만히 바라보고 서 있는 일. 누가 저한테 사색이 뭐냐고 물어온다면 그렇게도 답할 수 있을 것 같아요. 하루를 살더라도 진짜 사람답게 살고 싶다는 거. 물론 삶에 정답은 없는데 그래도 한 번 사

는 거 모두와 똑같은 삶이 아니라, 생각 없는 삶이 아니라, 정말 제대로 된 사람답게 살 수 있는 방법은 없나, 생각에 생각을 거듭하게 되는 일. 말하자면 그런 숙고가 사색일 테니까요. 에이 명상이라뇨. 거기까지는 못 가고요. 예컨대 제가 청소를 하면서도 이 물건을 왜 왼쪽에다 놨을까, 애초에 오른쪽에 뒀으면 어땠을까, 계속 자문하면서 답은 꼭 못 빨아들여도 제 내면으로 끊임없이 청소기를 돌려보는 거요. 그런 생각의 탐험이 사색이라면 저는 하루종일 하는 사람이 맞을 거예요.

매순간 사색하는 남자 손웅정이라니. 뇌섹남이 되고 싶다고 하시더니 이런, 사색남이셨어!

손 | 아 또 시인님 나 놀리시네. 그래요. 알았어요. 나 친구 없어요. 됐어요? (웃음) 제가 혼자 잘 논다고 했잖아요. 외로움과 고독을 친구 삼을 줄 알면 된다고 했잖아요. 아 맞네, 나 친구 있었네. 고독과 외로움! (웃음) 그래서 제가 혼자 있어도 안 심심한 거라니까요. 심심할 틈이 어딨어요, 탐험가인데. 호기심 풀 충전인데. 어디 부딪치거나 센 거 밟아 터지기 전까지 안 멈추는 타이어인데. 속도광인데.

과열인데요?

손 | 제가 또 뜨거운 남자이기도 하죠. 그런데 절 엄청 냉혈로들 보잖아요. 제가 사람 자체를 싫어하겠어요? 큰 의미에서의 큰 사람을 제가 또 얼마나 존경하는데요. 저보다 연세 많으신 분들이라 하면 무조건 교훈으로 삼아요. 저 어른이 말씀하시는 거, 생활하시는 거, 유심히 보면서 저분처럼 되어야겠다, 저분처럼 되지 말아야겠다, 어른들 탐험도 정말 많이 하거든요. 저는 왜 나쁜 의미로 거치적대는 사람들 있죠. 사람 속여먹고, 애들 등쳐먹고, 시간 훔쳐먹고, 하여간에 부정한. 제가 바로 아웃시켜버리는 사람이라면 말이죠. 근데 아무리 생각해봐도 뇌섹남은 최고의 매력남 같지 않아요?

주관이 뚜렷하고, 언변이 뛰어나며, 유머러스하고, 지적인 매력이 있는 남자라. 세상에 이런 남자 없다고 보지만 그래도 하나를 고르라면 전 유머예요. 어떤 상황에서든, 심지어 최악의 모욕까지도 유머로 되칠 줄 아는 남자. 꽤 멋있죠.

손 | 유머가 왜 라틴어로 수액인가 체액인가 그렇다잖아요. 물 흐르듯이 자연스럽게. 가만 보면 그게 살리는 거고, 어찌 보면 그게 가장 큰 거고. 멀리서 찾지 말고 가까이서 찾으시라니까요. 행복이 대문 앞에 와 있는데 개 문은 안 열어주고 뒷마당에 나가서는, 있는지 없는지도 모를 네잎클로버나 찾지 마시라니까요. 전 진짜

가진 거라곤 깡밖에 없었거든요. 깡이라면 뭐 대단했죠. 그거 하나로 버틴 거니까요. 어떻게 보면 밉상이었을 거예요. 쉽게 타협도 잘 안 하지, 나보다 강한 놈하고나 붙으려 하지.

밉상은 그쪽 입장에서는 상당히, 네, 충분히 그럴 수 있을 것도 같아요. (웃음)

손 | 제가 축구하기 전에 육상을 했었거든요. 뛰기는 엄청 잘 뛰었죠. 온갖 대회 나가 상은 다 휩쓸고 다녔으니까요. 노트 같은 건 부상으로 받아 썼지, 사본 역사가 없다니까요. 5학년 때였나, 아마 서산군에서 주최한 꽤 큰 대회였을 거예요. 백 미터를 뛰려고 출발선상에 섰는데 심판이 스타트 자세를 스탠딩으로 바꾸라는 거예요. 저는 그때 크라우칭 스타트 자세로 준비하고 있었는데, 네 그거요. 몸을 웅크리고 있다가 제자리에 차려 하고 튀어나가는 그 자세요. 못 참고 심판한테 가서 따졌죠. 육상 단거리 종목의 기본 스타트 자세는 크라우칭 스타트인데 왜 갑자기 스탠딩 스타트로 바꾸라고 하시는 거냐, 그건 중장거리 종목을 뛸 때 주로 하는 자세라고 배웠다, 나는 대회 전까지 크라우칭 스타트로 훈련을 했다, 어쩌고저쩌고. 심판이 당황했는지 잠시 머뭇대다가 그럼 저더러는 크라우칭 스타트로 뛰라는 거예요. 다른 애들은 다 심판 말대로 하고 저만 고집대로 했는데.

스토리의 끝이 왠지 해피엔딩, 감독님 딱 우승 각인데요. 맞다, 이 스토리 첫 책에서도 읽은 기억이 나요. 말로 들으니 그 심판 그때 왜 그러셨던 걸까요.

손 | 일등을 하긴 했죠. 무슨요, 시인님. 스포츠가 무서운 게요, 진짜 정신 똑바로 차려야 하는 게, 그 당연하다는 말이 절대로 통용되지 않는 세계거든요. 당연히는 아니고 다행스럽게. 전 축구에 있어서도 늘 그 말을 해요. 당연히 이기는 건 없어요, 이겨서 다행스러운 거지요. 그렇잖아요. 그래서 겸손이라는 단어만 보면 제가 동그라미 확 치는 거예요. 거기 독서 노트에도 보면 동그라미 많이 있을 텐데요.

주렁주렁 열려 있어요. 그나저나 겸손한 자세로 불의에 폭발하는 어린이 손웅정을 누가 이기겠어요? 못 이기지.

손 | 중학교 3학년 때도 제가 진학하고픈 고등학교가 있었거든요. 그런데 학교 측에서 가게끔 미리 정해놓은 고등학교가 있었던 거예요. 대학 진학 때도 그랬지만 그 얘기는 내가 지금도 별로 하고 싶지가 않은 것이 애들 꿈 짓밟고, 그게 얼마나 악행인지도 모르고, 참 나쁘게 굴러가는 세상이 당연했다는 게 분노를 넘어선 슬픔인 거예요. 그때 고분고분 시키는 대로 안 했다고, 박박

우겼다고, 체육실로 불려가 진짜 죽도록 얻어맞고 숙소에서도 쫓겨나고. 그래도 후회가 없는 것이 제가 대들기는 또 대들어본 거잖아요.

그래서 가장 큰 위험은 위험이 없는 삶이라고도 하나봐요.

손 | 그때 비겁하게 굴었으면, 그때 아프고 추울 일은 없었겠죠. 대신 지금 아프고 추웠을지 모르잖아요. "나무는 꽃을 버려야 열매를 가질 수 있고, 강물은 강을 버려야 바다에 이를 수 있다"고 『역경易經』에도 보면 나오잖아요. 사람들은 그 어떤 과정에 대해선 생각을 안 해요. 꽃도 강도 생각을 안 한다니까요. 사실 그걸 간과해서는 절대로 안 되는 건데 말이죠.

아까 깡 얘기도 하셨는데요, 이상하게 깡이라 하면 청년의 심벌 같단 말이죠.

손 | 그렇다면 저는 지금도 여전한 청년이네요. 악착같은 오기가 여기 그대로 있거든요.(웃음) 난 흥민이 어려서 처음 독일 갔을 때도 우리 앞에 놓인 이거 지금 불이익이다 싶으면 판 다 뒤집었어요. 의도적으로 더 그렇게 했어요. 애 보라고. 막 다 뒤집어엎었어요. 애가 보고 있잖아요. 열일곱 열여덟이잖아요. 이제부터 애는 여기서 살아야 하는데, 잘못한 것도 없이 억울한 상황에 참

기나 하면 애는 앞으로 어떻게 제 밥그릇 챙기겠어요. 네 밥그릇 네가 챙길 줄 알아야 해. 네가 안 챙기면 다 뺏겨. 전 행동으로 말했던 거예요.

어릴 적부터 정당한 비평이 아닌, 정확한 사실도 아닌, 온갖 말들에 노출되어 있을 수밖에 없는 환경에서 감독님의 깡은 시사하는 바가 참 크다 싶기도 하네요.

손 | 그렇다고 우리 애가 달라지는 것도 아니고요, 그건 상관없고, 또 하나도 중요하지 않은데요, 저는 가만히 한번 생각을 해보는 거죠. 왜 자기가 떠든 말이 자기 인격을 대변한다고는 생각을 못할까. 이건 내 인격의 문제가 아니잖아요. 어려서부터 애한테 위축되지 마라, 주눅들지 마라, 배짱을 키워라, 그런 얘기를 계속했던 것도 중요한 건 너고, 네 꿈이고, 네 경기력이고, 거기서 밀리면 안 된다는 걸 분명히 해주기 위함이었어요. 악의성을 가지고 욕하는 사람이 있다면 그건 그 사람의 인격이 잘못이지, 그걸로 내가 쭈그러들거나 수그러들 일이 뭐예요. 생각의 지배권, 삶의 지배권, 그러니까 내 지배권을 남에게 넘겨주지 말라고 제가 앞서도 말씀드렸잖아요. 항상 우주 한복판, 그 중심에 나를 놓을 줄 알아야 해요.

누가 나를 욕하면 그보다 내가 더 세게 내 멘탈을 터는 게 또한 저의 문제거든요. 어떻게 하면 저 좀 나아질 수 있을까요?

손 | 문제를 푸는 데 있어 일단 나부터, 내가 건질 것부터 남기고 싹싹 다 쳐나가는 거죠. 그렇게 문제를 단순화시키는 거죠. 이게 내 목숨보다 소중해? 내 가족보다 중요해? 내 가치보다 커? 내 성장보다 의미 있어? 예컨대 이게 우리 아카데미 식구들 문제라고 해봐요. 내가 이걸로 싸워야 해요. 그럼 우리 식구들의 손실 있어, 없어? 내 경제적인 손실 있어, 없어? 포기할 거 빨리 포기하고, 챙길 거 빨리 챙겨서 그 시간을 단축하면 내 상황의 어려움에서 더 빨리 해방이 되는 거라고요. 질질 끌려다니지 말라고요. 이건 이기적이 되라는 얘기가 절대로 아니에요. 나를 버리는 게 나만 버리는 것에서 끝나지 않을 수 있다는 얘기예요.

말마따나 최선이란 이런 것이군요.

손 | 세상이 바뀌어야 한다고들 하잖아요. 그건 다 동의를 하잖아요. 그런데 꼭 다른 사람부터 바꾸려고 한단 말이에요. 제가 보기에 그 순서가 틀렸다는 거예요. 내가 바뀌잖아요? 그럼 세상이 바뀌어요. 세상이 지저분하다고요? 내 집안부터 깨끗하면 청소하면 세상이 깨끗해질 수 있어요. 개인마다 이렇게 노력을 한다고 했을 적에요. 나를 우선하는 게 나만 우선하는 데서 끝나지 않을

수 있다는 얘기 아니겠어요?

어떤 분야에서든 신예들이 나타나 두각을 나타내면 흔히 혜성이라고 비유를 하잖아요.

손 | 저는 그 혜성이란 비유가 별로 달갑지 않아요. 이게 오해의 소지가 있는 것이, 마치 아무런 노력 없이 그저 운이 좋아 갑자기 반짝반짝 빛나게 된 줄로 착각하게 만들기 쉽잖아요. 저는 북극성을 생각하는 거죠. 버티기라는 거죠. 언제나 그 자리라는 거죠. 늘 같다는 거죠. 길잡이라는 건 쉽게 사라지지 않는 거죠.

북극성 얘기를 하시니까 저는 북극곰이 갑자기 떠올랐거든요. 맞아요, 저 무지 단순해졌어요. (웃음) 감독님이 하도 단순, 단순, 강조하셔서 저도 그새 세뇌가 된 모양이에요. 불현듯 지금이요, 감독님 눈앞에 혜성처럼 빛나는 건? (웃음)

손 | 바둑알?

바둑알이요?

손 | 네, 바둑알이요.

일단 귀엽기는 하네요. 그런데 어떻게 갑자기 바둑알이라 하신 걸까요? 제가 북극곰이라 해서 그런가. 북금곰도 희고 검잖아요. 차이라면 사이즈네요. 전 또 왜 이렇게 혼자 큰 걸까요? (웃음)

손 | 귀엽죠. 작죠. 혼자죠. 안 섞이죠. 무엇보다 되게 단순하죠. 앞뒤 색깔이 같죠. 앞뒤 볼록한 게 어딘가 융통성이 있어 보이죠. 그건 흔들림이 없다는 거죠. 어떻게 놓아도 쓰러지지 않는다는 거죠. 균형이라는 거죠. 모가 나거나 조금이라도 깨진 데가 있으면 이 판에 못 낀다는 걸 알죠. 제 몸을 증거로 알죠. 당당하죠. 차갑죠. 그러나 길 위에서는 쉽게 또 뜨거워지기도 하죠. 얼굴이 없죠. 표정을 모르죠. 제 앞에 무수히 많은 길이 그어져 있음에 기다리죠. 포커페이스죠.

헐, 감독님. 이 바둑알론論은 대체 뭐래요. 예전에 바둑알로 무슨 글 써서 발표하신 적 있으세요? 아니 침 한번 삼키지도 않고 뭘 이렇게 줄줄이 빠르게도 읊으셔요. 누가 보면 질문지 먼저 드린 줄 알겠네. 깜짝 놀라라.

손 | 제가 평소에 바둑을 두지는 않지만 관심은 좀 있거든요. 제가 생각할 때 바둑을 둔다는 건 나의 상태와 상대의 상태를 일정 거리 속에 놓고 대치하여 보는 일이잖아요. 집중력도 그렇고, 끈기도 그렇고, 판단력도 그렇고, 결단력도 그렇고, 머리 쓰는 것도 그렇고, 간파도 그렇고, 개인이라는 것도 그렇고, 고도의 정신적

인 부분이라든가 일말의 전술적인 부분에 있어서도 그렇고, 바둑을 축구에 대입해보니까요, 공부가 되는 부분이 꽤 있더라고요.

그 둘의 교집합이라 하면요.

손 | 꼼수가 없는 거? 꼼수를 못 부린다는 거? 저는 뭐 축구와 바둑뿐 아니라 사는 데 있어서 있을 수가 없는 게 꼼수니까요. 저한테 수는 그저 하나, 1이죠.

모든 것은 1에서 시작한다에 그럼 동의하시는 거죠?

손 | 네, 1.

통찰

"우리 아이들
그래서 제가
혹사 안 시키는 거예요."

"육지에서 멀어질
용기가 없다면
새로운 수평선을 향해서
나아갈 수 없다."

—윌리엄 포크너

특히 청년 세대한테 인기가 많으신 듯해요. 감독님과 매일 함께 다닌 건 아니지만 어떤 느낌이란 게 있잖아요. 열렬하달까, 간절하달까.

손 | 대전에서 있던 강연 때 제가 그 말씀을 드렸어요. 청년들이 많이 온 자리였거든요. "여기 앉아 계신 분들 중에 두 눈 나한테 수천억에 팔 사람 있어요? 양팔 수천억에 팔 사람 있어요? 양다리 수천억에 팔 사람 있어요?" 미친 소리인가 하시겠지만, 내가 이것만 해도 얼마를 가진 건지 한번 생각을 해봤으면 해서 말씀을 드렸었죠.

시작부터 감독님!

손 | 내가 가진 것에 감사하기보다 내가 못 가진 것에 우울해하느라 아까운 시간 다 낭비하고 있는 건 아닌지, 함께 생각해봤으면 해서 그랬던 거예요. 세상은 감사할 줄 아는 자의 것이라고, 인정

하는 순간 행복이 막 열릴 건데 말이죠. 그럼요, 제 사전에 행복은 열릴 수 있지만, 불행은 열릴 수도 없고 열려서도 안 되는 거고요.

탐욕의 열매는 들어봤어도 불행의 열매라고는…… 아 생각해보니 그렇네요. 불행할 때는 그 어떤 일에든 의지가 담기기 어려울 테니 열매가 맺힐 가능성 자체가 희박하겠네요. 물론 이런 얘기는 감독님에게는 씨도 안 먹히겠지만요. (웃음)

손 | 불행의 씨앗을 애초에 내가 가만히 냅두기나 했겠어요? (웃음). 그런데 강연장에 오신 분들이 준 질문의 대부분이 실수, 실패, 어려움, 두려움, 이런 주제에 관한 거더라고요. 여러분이 이 세상을 움직이고, 변화시키고, 창조하고, 빛내야 할 세대들인데 지금 눈 반짝반짝 안 뜨고 혹시나 졸고 계신 건 아니냐고, 눈들 뜨시라고, 졸리시면 잠들 깨시라고, 제가 막 소리를 질렀다니까요. (웃음)

비단 청년들이 아니더라도 곧 오십 줄에 접어드는 저 역시 실수나 실패에 대한 두려움은 여전하거든요.

손 | 시인님도 이십대를 살아보셨잖아요. 지금과 비교해보면 그 나이가 얼마나 젊어요. 그 나이가 얼마나 가볍냐고요. 가진 것도,

누린 것도, 그만큼 책임져야 하는 것도, 지금에 비하면 훨씬 덜하잖아요. 그때 한껏 주저앉았다 한들 지금 시인님 나이에 넘어졌다 일어나는 것만큼 어렵기야 하겠냐고요. 그러나 젊음은 일찍부터 그걸 알게 하지 않지요. 그럼요. 늙음도 미리부터 그걸 알려주지 않잖아요. 실수하기도 전에 실패하기에 앞서 두려움부터 생각한다는 거, 그건 조금이라도 손해를 보기 싫어하는 욕심 아닌가요. 어떻게 하나도 안 잃고 모든 다 얻을 생각만 해요, 욕심쟁이지, 그건.(웃음) 전 그렇게 생각해요. 시도를 해봤으니까 실수도 생기는 거고, 도전을 해봤으니까 실패도 일어나는 거라고요.

오늘은 아무래도 감독님의 실패기를 집중해서 경청할까봐요. 그건 다시 말해 감독님의 도전기일 테니까요. 사실 저는 한 사람의 성공기에 별 매력을 못 느끼거든요. 왜냐면 위인전 같아서요. 위인전은 제겐 너무너무 동상이나 흉상 같거든요.(웃음)

손 | 저야 뭐 인생 자체가 실수와 실패로 점철된 사람이잖아요. 무엇보다 내가 죽고 못 사는 축구를 지금까지 하고는 있지만 전 최고의 선수는 되어보지 못했잖아요. 그건 뭐 아주 객관적인 사실이니까요. 그렇지만 지금껏 축구와 함께해오기까지 무수한 시행착오, 말로는 다 할 수 없는 별의별 일들은 몸소 많이 겪은 것 같아요. 왜냐하면 가진 게 몸밖에 없었으니까요. 그 몸을 던질 수

밖에 없었으니까요. 그럼 대체 왜 이렇게까지 몸으로 싸워야 했나 생각을 한번 해보니까요, 애초에 제가 남들과 좀 다르게 살고 싶어했더라고요. 그 욕심을 지금껏 포기하지 못하고 있는 거더라고요.

다르게요?

손 | 제가 실업팀 코치를 잠깐 맡았을 때도 전 선수들한테 제 양말 한 짝 세탁기에 돌려 빨게끔 시킨 적이 없거든요. 그때 우리 숙소가 구십 평짜리 가건물이었는데 거기 청소를 제가 다른 선수 안 시키고 청소기 혼자 다 돌렸으니까요. 시켜서 하는 일은 억지니까 즐거운 마음이나 흔쾌한 마음일 수가 없을 거 아녜요. 그런데 저는 자발적인 마음이었으니까요. 워낙에 청소를 좋아했기도 하고요. 깨끗한 공간에 있는 건 모두가 바라는 거지만 일단은 제가 가장 급하지 않았겠어요? (웃음) 좋아하는 걸 자발적으로 하면요, 그 일에 속도가 엄청나게 붙는 건 너무나 당연한 결과죠. 그러면 이 청소를 놓고 스트레스 받을 사람이 하나라도 있겠어요, 없겠어요.

없겠지요.

손 | 그뿐이겠어요? 새벽 운동이 여섯시에 잡히면 전 일단 네시

반 좀 넘으면 일어나요. 그러고는 먼저 제 빨래를 세탁기에 돌리지요. 모기업이 보험회사였는데 쉬는 시간에 선수들 오락이라도 좀 하라고 거실에 낡은 컴퓨터를 다섯 대 놔주더라고요. 새벽 그 시간에 일어나는 사람이 없으니 저는 한 삼십 분 그 컴퓨터로 매일같이 자판 연습을 했어요. 그러다 훈련 시간 한 삼십 분 전에는 미리 나가 운동장에서 몸 풀어가며 훈련 준비를 했고요.

자판 연습이라 하시면 그때는 컴퓨터를 사용하셨다는 얘기잖아요.

손 | 시인님, 제가 왜 책을 읽겠어요. 시대의 흐름을 따라가려고 보는 거잖아요. 가능하다면 앞서가려고 하는 마음에 책을 보고 또 보는 거잖아요. 아무리 빛의 속도로 흘러가는 세상이라지만, 이 가운데 최첨단의 것은 여전히 다 사람의 손으로부터 기인한다고 봐요. 그런 의미에서 전 책이 아직도 가장 빠른 속도를 자랑한다고 믿는 거거든요. 컴퓨터로 그때 다들 오락들 하는데 전 거기에도 별 취미가 없더라고요. 자판 연습하면 좋잖아요. 제가 쓴 글은 아니지만 제가 친 글을 읽는 재미는 또 다르더라고요.

이쯤에서 조금 더 거슬러올라가보지 않을 수가 없네요. 축구하던 청소년 손웅정이요.

손 | 전 정말이지 운동부에서 끊임없이 대물림되어 내려오던 폭

력을 어떻게든 끊어내고 싶었어요.

폭력이요?

손 | 네. 내가 맞아보니 아프잖아요. 남도 맞으면 아플 거잖아요. 그럼 그걸 내 선에서 끊으면 좋잖아요. 그걸 계속 답습할 이유는 어디에도 없잖아요. 중학교 때도 그렇고, 고등학교 때도 그렇고 1학년 때도 그렇고 2학년 때도 그렇고 3학년 선배들에게 실컷 맞아가며 온갖 심부름 해가며 빨래해 바쳤단 말이죠. 그래서 3학년으로 올라가자마자 제가 동기들에게 얘기를 했어요. "애들 때리지 말자. 잔심부름 보내지 말자. 빨래시키지 말자."

그야말로 난리가 났겠네요.

손 | 누가 보면 유치하게 무슨 그깟 일로 라고 하겠지만 우리한테는 매일 반복되는 일상이었으니까요. 정말이지 엄청 큰일은 맞았어요. 그게 전통이었다면, 그걸 깨부수자고 한 거잖아요. 어마어마하게 난리들을 쳤죠. 물론 저는 그때도 이미 왕따였기 때문에 제 말이 수렴될 거란 확신은 하지 않았어요. (웃음) 그럼에도 문제 제기를 한 건 오랫동안 문제의식을 가졌기 때문이에요. 사람이 사람을 이유 없이 때리는 건 나쁜 거잖아요. 그래요, 이유가 있다고 쳐요. 그거 말로는 해결이 안 되냐고요. 기본적으로 이유

가 말이 안 되니까 때리기부터 했을 거라고요. 누구 한 사람에게도 좋을 일 없고 모두에게 나쁜 일이라면 가능한 한 빨리 끊어내는 게 맞잖아요. 그런데 또 문제는 생겨나더라고요. 아무도 때리지 않고 아무도 맞지 않는 달라진 분위기를 어떻게든 한번 조성해보려는데, 이젠 또 아래 학년 후배들이 선배를 우습게 여기고 막 대들어오르는 거예요.

이미 왕따라 하셨지만 앞서 들은 얘기로 보자면 자처한 왕따기도 하셨잖아요.

손 | 왜 지난번에 바둑알 얘기할 때 제가 포커페이스라고도 말씀드렸잖아요. (웃음) 제가 호랑이띠라서가 아니라, 아니다 맞다, 호랑이띠라서 외우고도 산 거지만, 제가 이 말을 좋아하거든요. "호랑이는 스스로 호랑이임을 밝히지 않고 다만 덮칠 뿐이다." 월레 소잉카요. 아프리카 작가라고 외웠어요. 그런데 저 어떤 스타일이었냐고요? 한 예로 이런 애였던 거죠. 남들 아침저녁으로 강제로 훈련 한 번씩 할 때 알아서 세 번씩 하던 애? 혼자 운동합네 티를 내네 하는 소리 듣기 싫어서 이불 수북하니 부풀려 자는 척해두고 몰래 빠져나가는 애? 혼자 운동하고 왔네 티가 나네 소리 듣기 싫으니까 트레이닝복 지퍼 소리 안 나게 웃옷 앞으로 슬쩍 당겨서 천천히 내렸다 벗었다 하며 옷 갈아입던 애? (웃음)

왕따라기보다는 감독님 표현대로, 그래요 좀 밉상이었네.

손 | 그렇지만 동기들이 절 왕따시키든 후배들이 절 무시하든 전 계속 해오던 개인 운동에나 매진했어요. 아니요. 그들을 제가 왜 견뎌요. 제 시야에는 오로지 축구밖에 들어와 있지를 않았는걸요. 제 본질인 축구에 더 매진함과 동시에 그 경쟁력을 어떻게 더 키울 수 있을까 훈련의 강도나 높여나갈 수 있던 건 축구가 철저한 개인 운동이기 때문이에요. 선수 하나하나가 강해질 때 팀 하나가 강해질 수 있다니까요. 그 얘기는 뭐냐, 축구부 전체가 하나같이 저의 라이벌이라는 소리죠. 그 소리는 뭐냐, 일단은 제가 이 팀에서 최고의 선수가 되기만 하면 된다는 얘기죠. 어쩌면 운동부가 가장 폭력적이고 원시적인 집단이었을 거예요. 안 맞으면 오히려 밤에 잠이 안 오더라는 거, 그게 정상은 아니잖아요. 멀쩡하게 유니폼 다 입고 있지만, 모두가 벌거벗고 운동하는 것 같은 마음이 또 아니라면 그 안에서 섞이지 못하고 겉돌 수밖에 없게 만드는 집단. 한겨울 새벽에 개인 운동 나갔다 들어오면요, 제 팔이랑 겨드랑이에서 고드름이 뚝뚝 떨어져요. 자는 애도 있었겠지만 그중 깨어 있는 애는 절 봤을 거 아네요. 한겨울 밤에 개인 운동 나갔다 들어오면요, 아랫목에 이불 쫙 깔고 제비 새끼들처럼 모여 텔레비전 보고 있던 애들. 그때 저 새끼는 우리랑 달라 하고

쳐다보던 눈빛. 저는, 왕따가 무서웠던 게 아니라 제가 혹여나 게으름과 타성에 젖을까, 제 안의 긴장감이 느슨해질까 매순간 더 저에게 집중했던 것 같아요. 전 그렇게는 안 살고 싶었어요. 그래서 그렇게는 안 살려고 노력한 건 맞아요.

감독님에게 육체를 쓴다는 일과 정신을 쓴다는 일은 어떤 걸까요?

손 | 왜 노르웨이 사람들이 정어리를 좋아한다고 하죠. 노르웨이 어부들이 낚시로 정어리를 잡을 때면 고기통에 꼭 메기를 넣어둔다고 하죠. 이상하게 펄떡펄떡 뛰던 정어리들이 집에 도착하기도 전에 다 죽어 있더라는 거예요. 살려서 데려오기까지 얼마나 많은 시행착오를 거쳤겠어요. 그런데 어느 날 그 안에 천적인 메기를 혹시 몰라 넣어봤더니 글쎄 집에 도착하고도 한참을 정어리들이 싱싱하게 살아 있더라는 거예요. 그 얘기는 뭐냐, 긴장감이죠. 메기에게 안 잡아먹히려고 정어리들이 얼마나 안간힘을 썼겠어요. 그 얘기는 뭐냐, 치열함이죠. 매사에 긴장감을 갖는 거, 그건 책이 해줄 거고요. 매사에 치열함을 갖게 하는 거, 그건 운동이 해줄 테고요. 제가 쭉 강조해왔잖아요. 저요, 오늘도 어김없이 봐요, 또 독서와 운동. 제가 이렇게 일관성이 있는 놈이라니까요. (웃음)

어째 오늘은 쑥 하고 한 사람의 속으로 깊이 들어갔다가 일순 빠져 나온 느낌이네요.

손 | 제가 너무 잡소리가 많았죠? 열매는 행동이라 그랬는데 제가 시작부터 불행이라는 단어에 확 흥분을 해버려가지고.(웃음) 근데 또 어린 시절이었잖아요. 마음도 그만큼 여리기도 했던 때였을 거고요. 그런데 이제 와 생각이란 걸 해보니까요, 우리더러 과자 사 와라, 라면 사다가 라면 끓여와라, 시켜 먹고 부려먹던 선배들은 그때 대체 무슨 생각으로 그랬던 걸까 싶은 거예요. 결국 자기들이 하기 싫으니까 우리를 시켜먹은 게 아니겠어요. 그럼 우리는 우리 일도 아닌데 시켜서 하는 그 일이 마냥 즐겁고 좋지는 않았을 거 아녜요. 그러니까 그걸 잘할 리 없었을 테고요. 결국 남은 건 라면인데, 그게 맛있었겠냐고요, 맛없겠었냐고요.

맥락상으로는 맛이 없어야 맞는 건데 맛없게 끓여왔다고 또 맞을 수도 있을 테니까요.

손 | 그때는 뭐, 손으로 끓이든 발로 끓이든 라면이 맛이 없을 수가 없을 때기도 하니까요.(웃음) 중요한 건 제가 해보니까 확실히 알게 되었다는 거잖아요. 이른 새벽에 일어나는 것이 얼마나 고통스러운 일인지를. 아침저녁 운동량이 너무 과했다는 것도요. 이게 다 제가 축구를 잘하고 싶은 마음에서 해봤고, 또 해보다가

안 된다는 걸 결국은 알게 된 일이잖아요. 이를 두고 누구는 실수라 말할 수 있고, 또 실패했다고도 하겠지만 이 경험은요, 지도자로 제게 내린 축복이고 제게 주신 선물이에요. 이 시행착오 없었으면 저요, 분명 애들 잘못 가르쳤을 거예요. 우리 아이들 그래서 제가 혹사 안 시키는 거예요. 시행착오를 잘 키워 보내잖아요? 그럼 그다음에 지혜가 와요.

네.

손 | 시인님 답 짧은 거 보니까 내가 꼰대 소리 했나보네. 이래 봬도 저 잔소리와 할 소리는 구분하는 사람이거든요.

나참, 누가 뭐랬나요. 감독님 저 지금도 정신없이 받아적고 있잖아요. 봐요, 지혜라고 쓴 거 보이시죠?

손 | 흘러 쓰셔서 잘 모르겠는데요. (웃음)

행복

"발밑에는 축구공이 있고,
손끝에는 책이 있잖아요."

"행복은 우리가 추구하는
가장 최종의 가치이다."

—**샤하르**

하도 감독님이 삼류, 삼류 선수라고 자칭하시기에 이럴 거면 왜 아예 사류, 오류라고 하시지, 하며 호기심에 사전을 한번 찾아봤거든요.

손 | 사류를요?

네. 그런데 '사류'의 뜻이 '학문을 연구하고 덕을 닦는 선비의 무리'라는 거예요. 저 완전 깜짝 놀랐잖아요. 감독님이랑 얘기 나누기 전이라면 이 매칭을 무리수라며 의아해했을 텐데, 허심탄회하게 얘기 많이 나누고 난 뒤잖아요. 그랬더니 완전 이거 찰떡이다 싶은 거예요.

손 | 아니거든요. 저랑 완전 딴 세계에 계신 분들 얘기거든요. 시인님 완전 잘못 짚으셨거든요. 웃자고 하는 얘기지만 저 사류라 하면 왠지 욕먹을 것 같아서 삼류라 그랬던 건데, 혹시라도 제가 사류다, 사류 선수다 그랬으면 그게 더 욕먹을 일이었겠네요. (웃음)

춘천에서 아카데미 유소년 선수들을 보고 온 이후에요, 아파트 놀이터에서 노는 아이들만 봐도 묘하게 새로운 거예요. 축구장 잔디에서 뛰는 아이들을 난생 처음 봐서 그런가, 애들이 공 갖고 놀면 날아라 새들아 오월은 푸르구나 우리들은 자란다, 어린이날 노래가 다 나오는 거예요.

손 | "오얏나무는 말이 없지만 아름다운 꽃에 끌려 사람이 모이고 그 아래에서 자연스럽게 길이 생겨난다"라는 말이 있어요. 네, 오얏나무는 그거 자두나무요. 아마 맞을걸요? 네네 맞구나. 그 말끝에 보면 길이 생겨났다 하잖아요. 왜 길이 생겼겠어요. 사람들이 많이들 찾아오니까 그런 거 아니겠어요. 사람들이 왜 많이 찾아오겠어요. 오얏나무 꽃이 예쁘니까 그런 거 아니겠어요. 그렇다면 세상 어디에도 없는 예쁜 꽃을 피워내는 내 오얏나무는 충분한 경쟁력이 있다는 거 아니겠어요. 그렇다면 내 오얏나무를 전 세계에서 유일무이한 브랜드로 키워내면 되는 거 아니겠어요. 그러기 위해서는 내 오얏나무를 내가 가장 존중하고, 배려하고, 인정하고, 사랑하는 일이 우선인 거 아니겠어요? 그보다 앞서 이행이 되어야 하는 일은 품에 많이 안아주는 일일 거고요. 아이는 부모를 아주 정확히 느끼거든요.

역시나 가정, 다시금 가정으로 돌아가네요.

손 | 그럼요. 아이는 곁에서 자기한테 집중하고 있는 부모를 귀신같이 알아버려요. 어떤 어려움이 닥쳐도 아이가 제 곁에서 부모를 느끼고 있으면요, 난관을 걸림돌로 안 보고 디딤돌로 여겨요. "괜찮아, 넘어져도 돼, 느려도 돼, 건너갈 수 있어." 부모는 아이의 뒤를 따라가는 사람이지, 아이를 앞에서 잡아끄는 사람이 아니에요. 같은 풍風이라고 해도 촛불은 바람에 꺼지지만 모닥불은 바람에 더 잘 타잖아요. 그런 것처럼 연은 바람을 등지고 섰을 때 더 팽팽하게 날잖아요. 순풍보다 역풍에 더 잘 나는 게 연 맞잖아요. 부모들이 착각하는 것이 자식 잘되면 그거 자기 호강인 줄 알거든요. 그거 절대로 아니에요. 똑똑한 자식은 나라 자식이고, 돈 많은 자식은 사돈집 자식이고, 못났다고 구박하던 새끼만이 내 옆을 지킨다고, 살다보니까 옛말 그른 거 하나 없더라고요.

감독님 말씀 중에 '어른이'라는 표현이 있었는데 저도 그 말을 종종 쓰거든요.

손 | 제가 철이 없잖아요. 평생 또라이 소리 들었잖아요. 그런데 문득 보니까 제 안에 아직도 볼을 차는 손웅정 어린이가 있는 거예요. 걔요, 어디 안 가고 어른 손웅정 안에서 여전히 공을 차고 있는 거예요. (웃음) 저는 아이들 과잉보호 안 하고 약하게 좀 안

키웠으면 좋겠어요. "울지 마, 먹지 마, 실수하지 마, 넘어지지 마, 약해지지 마" 그 마 좀 하지 말고 대신 그 돼 좀 하면 좋겠어요. "울어도 돼, 먹어도 돼, 실수해도 돼, 넘어져도 돼, 약해져도 돼." 자유를 주자는 얘기예요. 그 안에 반드시 지켜야 하는 질서를 스스로 만들고 지켜가도록 부모는 돕기만 하면 되잖아요.

말씀을 듣고 보니 아이들이 자연이라는 이름으로 태어나는 존재들인가 싶네요. 스스로 자, 그러할 연이니까 알아서 이루게끔 기다려주는 게 부모의 역할인가 싶기도 하고요. 아니 저는 애도 키워본 적 없으면서 오늘따라 뭘 안다고 이렇게나 말이 많을까요.

손 | 왜 『손자병법』에도 나오잖아요. "지지 않을 곳에 서서 이길 때까지 기다려라." 저는 아이들 문제에 있어서도 이 한 줄이 시사하는 바가 무지 크다고 봐요.

시간의 순리를 아는 긍정적인 부모 곁에서 자란 아이는 정말이지 능동적이면서도 다분히 주체성을 가진 채 커갈 수밖에 없을 듯해요.

손 | 우리 머릿속에는 두 마리 늑대가 살고 있는데요, 하고 시작하는 이야기를 아마 시인님도 들어보신 적이 있으실 거예요. 우리 머릿속에는 생각이라는 늑대가 사는데, 그 늑대는 우리가 주는

대로 먹이를 먹고 큰다고요. 그 늑대가 어떻게 자랄 것인지는 우리가 어떤 먹이를 주느냐에 달려 있다고요. 용기나 자신감 같은 긍정적인 먹이를 줄 것이냐, 망설임이나 두려움 같은 부정적인 먹이를 줄 것이냐. 긍정적인 먹이를 주면 긍정적인 늑대로 자랄 것이고, 부정적인 먹이를 주면 부정적인 늑대로 자랄 것이고. 사실 그건 너무 당연한 얘기잖아요. 근데 또 그 당연한 것이 그렇게나 어려워서 우리가 아프고 또 헤매는 거잖아요. 학교에서 돌아온 아이에게 오늘 네 늑대는 어땠어? 오늘 너는 네 늑대에게 어떤 먹이를 더 줬어? 이렇게 물어보는 일이 어떻게 보면 생활 속의 참교육이 아닐까 하는데요, 부모가 아이에게 이 얘기만 해줘도 일단 아이 머릿속에는 늑대 두 마리가 바로 생겨버리잖아요. 이게 얼마나 또 효율성을 가진 교육이에요. (웃음)

오늘 제 늑대는 제가 던진 호기심이라는 먹이를 먹어도 너무 먹네요. 근데 저는 호기심이라는 단어를 떠올리면 왜 거기서 당근이 나오는지. 호기심은 왜 당근을 닮았을까요?

손 | 당근 주스 드시고 싶으신 거 아네요? 한잔 시켜드려요? (웃음) 전 살면서 그렇게 깊은 절망에 빠져본 적이 없거든요. 막노동일을 하러 다닐 때도 그렇고 학교에서 소사로 일할 때도 그렇고 전 언제나 사람 위에 사람 없고 사람 아래 사람 없다, 그 당연

한 생각만 계속하고 살았어요. 누가 뭐래도 나는 주어진 일을 주어진 일 이상으로 해냈으니까 언제나 당당하고 누구 앞에서든 떳떳했어요. 그리고 이 다짐을 계속 되뇌었어요. "나는 여기에 잠시 멈춘 것이다. 나는 여기에서 오래 머무르지 않을 것이다." 지지 않을 곳에서 이길 때까지 기다리겠다는 말을 제 나름대로 변주해 본 건데 제가 강연장에서도 이 말씀을 자주 드리곤 해요. 자존감이 바닥이라는 분들, 매사 의욕이 없다는 분들, 어떻게 살아야 할지 막막하다는 분들, 정말 많더라고요. "나는 무조건 행복할 것이다. 나는 무조건 성공할 것이다." 내가 나한테 이 정도의 말은 어렵지 않게 해줄 수 있잖아요.

무조건 행복해지고 무조건 성공할 것이다……

손 | 그럼요. 나의 장점은 매일같이 늘어날 거예요. 왜? 나의 노력이 매일같이 반복될 거니까요. 나의 강점은 매일같이 커질 거예요. 왜? 나의 꿈이 매일같이 자랄 거니까요. 성공은 내가 좋아하는 것을 얻는 일이고, 행복은 내가 얻은 것을 누리는 일이라 그랬어요. 행복을 멀리서 찾지 말고 제 발밑에서 키우라는 말도 있잖아요. 행복은 이렇게나 단순한 거예요. 아무 조건도 이유도 없이 내 곁에서 내가 가장 쉽게 찾을 수 있는 게 내 행복이라고요. 저란 놈을 한번 보세요. 발밑에는 축구공이 있고, 손끝에는 책이 있

잖아요.

와 또 축구와 책이라니! 제가 어떻게든 다른 주제로 끌고 나가보려고 진짜 별별 신소리를 다해가며 얘기를 흩뿌려왔는데 와 또다시 축구와 책이네요. 감독님 머릿속에는 이 둘에 대한 전원 버튼이 언제 꺼지는 날도 없는 거예요?

손 | 지금 시인님 말씀 아주 잘하셨네. 미지근한 물이 열차를 움직이게 할 수 있어요? 못 움직여요. 저 앞으로 철로가 뻗어 있는데 거기 가야지 어딜 쉬어요, 쉬길. 뒤에 오는 열차에 받히려고요? (웃음)

아니 밤에는 기차도 잠을 자야 하잖아요.

손 | 쇳덩어리가 자기는 뭘 자요. 고철이 되면 평생 잘 잠을요.

일전에 불면증도 없으시다 했고요, 그렇다면 슬럼프는요?

손 | 누가 저한테 슬럼프 때문에 고생이라 하기에 이렇게 말해준 적이 있긴 해요. 그때 제가 뭐라 그랬냐면요, "슬럼프? 말이 좋아 슬럼프지 그거 당신 하기 싫어서 하는 변명이야. 대체 슬럼프가 왜 와? 내가 좋아하는 일을 하고 있는데, 내가 잘하는 일을 하고 있는데, 여기서 열정이 안 나온다고? 그건 내가 아주 강력하게 말

하고 싶은데 그거 당신 착각이야. 아니라면 지금 당신이 하는 일이 당신이 진짜 원했던 일인지 잘 한번 생각을 해보라고. 아니라면 당신이 원해서 한 일인데 당신 노력이 부족해서 그런 건지 잘 한번 생각을 해보라고. 그래도 잘 모르겠다 싶으면 책을 봐, 책을." 그러고 떠들었죠. (웃음)

또 책이라시네. 또.

손 | 축구장에서 뛰어다니는 거 보셔서 아시겠지만 거기 풀어놓으면 저 완전 미친놈이잖아요. 그런 저에게 가장 잘 찼다고 생각하는 볼이 뭐냐 물으면 바로 다음에 넣을 볼이라 저요, 자신 있게 답할 수 있거든요. 책도 그래요. 서점에서 걸어다니는 거 보셔서 아시겠지만 거기 데려다놓으면 저 완전 책이랑 꼬리잡기하잖아요. 그런 저에게 가장 타격감이 큰 책이 뭐냐 물으면 바로 다음에 읽을 책이라 저요, 신나게 말할 수 있거든요. 말마따나 슬럼프는 제자리잖아요. 슬럼프는 그 자리에 머물러 있는 정체잖아요. 다음에 넣을 골이 있고, 다음에 읽을 책이 있으니, 제 행복도 다음이 계속 이어진다는 얘기인데, 사는 게 이렇게 매일같이 덤인데 겁날 게 뭐 있겠어요. 그런데 그거 아세요? 중요한 일이 탄생하는 건 꼭 혼자 있을 때라는 거?

감독님 영상을 좀 찾아봤거든요. 2010년 SBS 〈당신이 궁금한 이야기 Y〉에 손흥민 선수와 함께 출연했던 거요. 보니까 그때 마흔아홉이셨더라고요. 지금의 제 나이거든요.

손 | 그때랑 많이 달라졌죠? 그때에 비하면 저 완전 김해평야잖아요.

김해평야요?

손 | 기름기 좔좔 흐른다고요. 그때는 정말 피 터지게 살 때거든요.

그때로부터 근 십오 년이 흘렀네요. 이 독서 노트들도 이 세월을 함께했고요.

손 | 예순이 되면서 제가 독서 노트에 써둔 말이 있어요. "예순은 마법의 나이다. 예순은 기적의 나이다. 예순은 지혜의 나이다. 그리고 지금부터가 나의 전성기다." 나름의 어떤 다짐이 서던 날 썼을 것인데, 다른 건 몰라도 지금이 기적의 나이인 건 분명해요. 지혜가 턱없이 모자란 걸 아니까 여전히 책을 사서 읽는 일로 따라가는 중이고, 마법은 우리 아카데미 애들 데리고 제가 원하는 축구 색깔 내는 팀으로 키워가고 있으니까 부려보려는 중이고…… 이 둘만 보더라도 이만하면 저, 예순두 살에 최고의 전성기 맞은 것 같지 않아요? 무엇보다 중요한 건 아직 내 인생 최고

의 날이 오지 않았다는 거? (웃음) 은퇴요? 아이 참, 시인님 왜 이렇게 초를 치실까. 저 이제야 축구 좀 해보겠다고 축구화에 끈 묶는 거 안 보이세요?

앞으로 꼭 한번 해보고 싶은 일이 있으신지요. 혹시 요즘 들어 관심이 생긴 어떤 분야라도 있으실까 해서요.

손 | 저야 뭐 딱히 그런 일은 없는데요, 틈나는 대로 이제 한국의 곳곳을 좀 여행해보려 해요. 유럽에 있을 때는 그래도 애 데리고 틈틈이 좀 다녔거든요. 이제 한국을 좀 다녀야지요. 그리고 그중에서도 산이요. 이상하게 산에 오면 저라는 사람이 아주 잘 보여요. 자연이 저마다 내는 소리가 제각각 들리는 것처럼요. 모두가 제 목소리를 포기하지 않았단 말예요. 그런데도 조화라니. 저는 그 흔한 단풍놀이 한번 제대로 못 해봤거든요. 한국의 산들은 겉으로는 소박한데 속으로 각기 다른 수려함이 있다 싶어요. 산도 저는 정상을 찍으러 올라간다기보다 산마다 가진 고유의 디테일을 비교해보고 싶다는 마음이 들어서거든요. 그럼요, 미래의 승부는 누가 더 디테일한가, 거기에서 끝장이 난다고 제가 아주 귀에 못이 박이도록 말씀을 드렸잖아요.

감독님도 결국에는 자연만이 우리를 살릴 것이라는 믿음이신 거

군요.

손 | 자연이 사람 험담하는 거 봤어요?

이거였구나, 감독님, 이 한 방이셨구나!

손 | 큰놈 초등학교 1학년 땐가 2학년 땐가, 작은놈은 초등학교 들어가기 전이었나. 겨울에 애들이랑 애들 엄마랑 태백산에 갔거든요. 태백산은 그렇게 험하지는 않아요. 그러니까 눈 축제도 하잖아요. 그럼요, 어린애들 데리고도 충분히 갈 수 있었어요. 미끄러운 거는 제가 아이젠을 신으니까요. 그렇게 하고 큰애는 안고 작은애는 목말을 태우고……

목말이요?

손 | 네. 제 엄마 손 잡고 내 손 잡고 올라가다가 험한 데 나오거나 힘들다 찡찡대면 하나는 안고 하나는 목말을 태웠어요. 그렇게 정상까지 올라갔다가 내려오는데 누가 타다 버리고 간 비료 포대인지 애들이 발견한 거예요. 두 놈이 그거 타고 내려오는데 엄청 좋아들 해요. 신나 죽죠. 시인님, 우리가 그런 경험 붙들고 평생을 사는 거 아니겠어요?

목말이라 하면 부모라는 어깨 위에 두 다리를 벌리고 올라탈 수 있는 아이는 최소한 부모의 키에 제 앉은키를 더한 높이에서 세상을 볼 수 있는 거잖아요. 높아진 만큼 또 얼마나 넓어져요. 와 이거였네요. 힌트는 목말이었어!

손 | 춘천 육림랜드라고 애들 어릴 적에 거기 데리고 가서 호랑이도 보여주고, 곰도 보여주고, 원숭이도 보여주고, 온갖 동물들도 다 보게 해주고. 또 오백 원짜리 잔뜩 바꿔다가 열차를 태우고, 또 태우고. 학원은요, 무슨요. 애 둘 키우는 우리 큰애한테도 같은 얘기를 해요. 되도록 애들 데리고 많이 다니면서 많은 걸 보여주고 많은 걸 경험하게 하라고요. 너희가 귀찮다고 집에만 있을 생각 말고 애들이 어디든 가자고 하면 따라나서라고요. 아이들 나이대별로 경험시키면 좋을 것을 부모가 공부해야 한다고요.

저 지금 감독님에게 딱이다 싶은 사자성어가 떠올랐거든요?

손 | 사자성어요? 역지사지요? 운칠기삼이요?

아뇨. 무아지경이요. 감독님 완전 무아지경의 끝판왕이요!

손 | 하하. 그러고 보니 그런 면이 없지 않아 있긴 한데요. 아무리 정신이 딴 데 팔려 있다 해도 지금은 세상에서 가장 소중한 우리들이 밥 먹을 때거든요? 무아지경 다음은 식후경. 이제 식사하러 가시죠!

나는
읽고
쓰고
버린다

ⓒ 손웅정 2024

초판 1쇄 발행 2024년 4월 20일
초판 3쇄 발행 2024년 4월 30일

지은이 손웅정

기획 · 진행 손성삼
책임편집 유성원
편집 김동휘 권현승
디자인 한혜진
저작권 박지영 형소진 최은진 서연주 오서영
마케팅 정민호 박치우 한민아 이민경 박진희 정유선 황승현
브랜딩 함유지 함근아 고보미 박민재 김희숙 박다솔 조다현 정승민 배진성
제작 강신은 김동욱 이순호
제작처 영신사

펴낸곳 (주)난다
펴낸이 김민정
출판등록 2016년 8월 25일 제406-2016-000108호
주소 10881 경기도 파주시 회동길 210
전자우편 nandatoogo@gmail.com **페이스북** @nandaisart **인스타그램** @nandaisart
문의전화 031-955-8865(편집) 031-955-2689(마케팅) 031-955-8855(팩스)

ISBN 979-11-91859-83-6 03810

○이 책의 판권은 지은이와 (주)난다에 있습니다.
○이 책 내용의 전부 또는 일부를 재사용하려면 반드시 양측의 서면 동의를 받아야 합니다.
○난다는 (주)문학동네의 계열사입니다.
○잘못된 책은 구입하신 서점에서 교환해드립니다.
기타 교환 문의 : 031-955-2661, 3580